【增訂新版】

不要緊的女人

A WOMAN *of* NO IMPORTANCE

OSCAR WILDE 王爾德 著 余光中 譯

反常合道之為道
——《王爾德喜劇全集》總序

王爾德匆匆四十六年的一生，盛極而衰，方登事業的巔峰，忽墮惡運的谷底，令人震驚而感歎。他去世迄今已逾百年，但生前天花亂墜的妙言警句，我們仍然引用不絕，久而難忘。我始終不能決定他是否偉大的作家，可否與莎士比亞、狄更斯、巴爾扎克、托爾斯泰相提並論，但可以肯定，像他這樣的錦心繡口，出人意外，也實在百年罕見。

一八五四年，奧斯卡．王爾德生於都柏林，父親威廉是名醫，母親艾吉簡（Jane Francisca Elgee）是詩人，一生鼓吹愛爾蘭獨立。他畢業於都柏林三聖學院後，又進入牛津大學的馬德琳學院，表現出眾，不但獲得紐迪蓋特詩獎，還受頒古典文學一等榮譽。前輩名家如羅斯金與佩特都對他頗有啟發。

王爾德尚未有專著出版，便以特立獨行成為唯美派的健將，不但穿著天鵝絨外套，襯以紅背心，下面則是及膝短褲，而且常佩向日葵或孔雀羽，吸金嘴紙煙，戴綠背甲蟲的指環，施施然招搖過市。他對牛津的同學誇說，無論如何，他一定要成名，沒有美名，也要罵名。他更聲稱：「成名之道，端在過火。」（Nothing succeeds as excess.）

一個人喜歡語驚四座，還得才思敏捷才行。吹牛，往往淪為低級趣味。誇張而有文采，就是藝術了。王爾德曾說，他一生最長的羅曼史就是自戀。這句話的道理勝過佛洛依德整本書。我們聽了，只覺得他坦白得真有勇氣，天真得真是可愛，卻難以斷定，他究竟是在自負還是自嘲。他最有名的一句自誇，是出於訪美要過海關，關員問他攜有何物需要申報。他答以「什麼都沒有，除了天才。」這件事我不大相信。王爾德再自負，也不致如此輕狂吧？天才者，智慧財產也，竟要報關，豈不淪為行李，太物化了吧。換了我是關員，就忍不住會敬他一句：「那也不值多少，免了吧！」

王爾德以後，敢講這種大話的人，除了四披頭的領隊藍能（John Lennon），恐怕沒有第三人了。從一八九二年到一八九五年，王爾德的四部喜劇先後在倫敦上演，都很成功，一時之間，上自攝政王下至一般觀眾，都成了他的粉絲。倫敦的計程車司機都會口傳他的名言妙語。不幸這時，他和貴家少年道格拉斯之間的同性戀情不知收斂，竟然引起緋聞，氣得道格拉斯的父親昆司布瑞侯爵當眾稱王爾德為「雞姦佬」。王爾德盛怒之餘，逕向法院控告侯爵，又自恃辯才無礙，竟不僱請律師，親自上庭慷慨陳辭。但是在自辯過程中他卻不慎落進對方的陷阱，露出自己敗德的真相。同時他和道格拉斯之間的情書也落在市井無賴的手中，並據以敲詐贖金。王爾德不以為意，付了些許，並未清斷。於是案情逆轉，他反而變成被告，被判同性戀有罪，入獄苦役兩年。喜劇大師自己的悲劇從此開始，知音與粉絲都棄他而去，他從聚光燈的焦點落入醜聞的地獄。他的家人，妻子和兩個男孩，不得不改姓氏以避羞辱。他也不得不改姓名，遁世於巴黎。高蹈倜儻的唯美大師，成了同性戀者的首席烈士。

十九世紀的後半期，王爾德是一位全才的文學家，在一切文類中都各有貢獻。首先，他是詩人，早年的作品上承浪漫主義的餘波，並不怎麼傑出，但是後期的《列丁獄中吟》（*The Ballad of Reading Gaol*），有自己坐牢的經驗為印證，就踏實而深刻得多，所以常入選集。詩中所詠的死囚，原為皇家騎兵，後因妒忌殺妻而伏誅。

在童話方面，王爾德所著《快樂王子》與《石榴屋》，享譽迄今不衰。

小說方面，他的《朵連・格瑞之畫像》（*The Picture of Dorian Gray*）描寫一位少年，生活荒唐卻長保青春，而其畫像卻日漸衰老，最後他殺了為他畫像的畫家，並刺穿畫像。結果世人發現他自刺身亡，面部蒼老不堪；畫像經過修整，卻恢復青春美儀。此書確為虛實交錯之象徵傑作，中譯版本不少。

戲劇方面，在多種喜劇之外，王爾德另有一齣悲劇《莎樂美》（*Salomé*），用法文寫成，並特請法國名伶伯恩哈特（Sara Bernhardt）去倫敦排練，卻因劇情涉及聖徒而遭禁。所以此劇只能在巴黎上演；而在倫敦，只能等到王爾德身後。劇情是希蘿迪亞絲棄前夫而改嫁猶太的希律王，先知施洗約翰反對所為，被囚處死。希蘿迪亞絲和前夫所生女兒莎樂美，在希律王生日慶典上獻演七重面紗之舞，並要求以銀盤盛先知斷頭，且就吻死者之唇。這真是集死亡與情欲之驚悚悲劇，正投合王爾德的病態美學：「成名之道，端在過火。」

最後談到王爾德這四部喜劇。最早譯出的是《不可兒戲》，在香港。其他三部則是在高雄定居後譯出的。每一部喜劇的譯本都有我的自序，甚至後記，不用我在此再加贅述。在這篇總序裏我只擬歸納出這四部喜劇共有的特色。

首先，這些喜劇嘲諷的對象，都是英國的貴族，所謂「上流社會」。到了十九世紀後半期，英國已經擴充成了大英帝國，上流社會坐享其成，一切勞動全賴所謂「下層社會」，卻以門第自豪，看不起受薪階級。這些貴族大都閒得要命，只有每年五月，在所謂社交季節，才似乎忙了起來，也不過忙於交際，主要是擇偶，或是尋找女婿、媳婦，或是借機敲詐，或是攀附權勢，其間手腕犬牙交錯，令人眼花。

其次，這些喜劇在布局上都是傳統技巧所謂的「善構劇」，劇情的進展要靠多次的巧合來牽引，而角色的安排要靠正派與反派、主角與閒角來對照互證。每部喜劇的氣氛與節奏，又要依附在一個秘密四週，那秘密常是多年的隱私甚至醜聞。秘密未洩，只算敗德，一旦揭開，就成醜聞。將洩未洩，欲蓋彌彰之際，氣氛最為緊張。關鍵全在這致命的秘密應該瞞誰，能瞞多久，而一旦揭曉，應該真相大白，和盤托出，還是半洩半瞞，都要靠高明的技巧。王爾德總是掌控有度，甚至接近落幕時還能翻空出奇，高潮迭起。

紙包不住火，火苗常由一個外客引起：《溫夫人的扇子》由歐琳太太闖入；《不要緊的女人》由美國女孩海斯特發難，也可說是由私生子傑若帶來；《理想丈夫》則由「撈女」敲詐而生波；《不可兒戲》略有變化，是因兩位翩翩貴公子城鄉互動，冒名求婚而虛實相生。如果沒有這些花架支撐，不但劇情難展，而且，更重要的，王爾德無中生有、正話反說的雋言妙語，怎能分配到各別角色的口中成為台詞？

這就講到這些喜劇的最大特色了。唇槍舌劍，怪問迅答，天女散花，絕無冷場，對話，才是王爾德的看家本領，能夠此起彼落，引爆笑聲。他在各種文類之間左右逢源，固然多才多藝，而在戲台對話的文字趣剋（verbal tricks）上也變化多端，層出不窮。從他的魔帽裏他什麼東西都變得出來：雙關、雙聲、對仗、用典、誇張、反諷、翻案，和頻頻出現的矛盾語法（或稱反常合道），令人應接不暇。他變的戲法，有時無中生有，有時令人撲一個空，總之先是一驚，繼而一笑，終於哄堂。值得注意的是：驚人之語多出自反派角色之口，但正派角色的談吐，四平八穩，反而無趣。

王爾德的錦心繡口，微言大義，歷一百多年猶能令他的廣大讀者與觀眾驚喜甚至深思。阿根廷名作家博而好思（Jorge Luis Borges）在〈論王爾德〉一文中就引過他的逆轉妙語：「那張英國臉，只要一見後，就再也記不起來。」博而好思論文，眼光獨到，罕見溢美。他把王爾德歸入約翰生（Samuel

Johnson）、伏爾泰一等的理趣大師，倒正合吾意，因為我一向覺得王爾德「理勝於情」。博而好思又指出，這位唯美大師寫的英文非但不雕琢堆砌，反而清暢單純，絕少複雜冗贅的長句，而且用字精準，近於福樓拜的「一字不易」（le mot juste）。這也是我樂於翻譯王爾德喜劇的一大原因。

余光中

二〇一三年九月於西子灣

目錄

本劇人物

易林華斯伯爵（即喬治・哈福德，簡稱易大人）
約翰・龐提克拉夫特爵士（簡稱龐爵士）
奧夫烈・魯福德勳爵（簡稱奧大人）
管維爾先生，下議院議員（簡稱管先生）
詹姆斯・杜伯尼牧師，神學博士，洛克里教區主持人（簡稱總鐸）
傑若・亞伯納（簡稱傑若）
法克（管家）
法蘭西斯（僕人）
洪氏丹敦夫人（本劇女主人，簡稱洪夫人）

龐爵士夫人（簡稱龐夫人）
史特菲夫人（簡稱史夫人）
艾倫比太太（簡稱艾太太）
海絲特．武斯利（即武小姐，簡稱海絲特）
愛麗絲（女僕）
亞伯納太太（傑若的母親，簡稱亞太太）

本劇布景

第一幕：洪氏丹敦莊宅露台
第二幕：洪氏丹敦莊宅大客廳
第三幕：洪氏丹敦莊宅畫廊
第四幕：洛克里鎮亞伯納太太家客廳

時　間：當　代
地　點：英格蘭中部某郡
情　節：二十四小時內完成

第一幕

布　景：洪氏丹敦莊宅露天平台前草地

（龐爵士、龐夫人、武小姐坐在大水松樹下的涼椅上。）

龐夫人：武小姐，想必你是第一次在英國的鄉村別墅作客吧？

海絲特：是啊，龐夫人。

龐夫人：聽說貴國鄉下沒有別墅，是吧？

海絲特：別墅不多。

龐夫人：那貴國有鄉下嗎？有能叫鄉下的地方嗎？

海絲特：（笑起來）我們的鄉下是世界上最大的，龐夫人。老師上課，總說我們的一州，有些就有法國加英國那麼大。

龐夫人：喲，我猜貴國一定風涼得很。（轉頭向龐爵士）約翰，你該戴圍巾了。你不肯戴圍巾，我一直爲你打圍巾有什麼用呢？

龐爵士：我夠暖了，凱洛琳，別擔心。

龐夫人：我不相信，約翰。嗯，武小姐，你來的這家別墅再有趣不過了，就是屋子太潮溼了，潮溼得不可原諒，而親愛的洪夫人請人家來家作客，有時候也有點隨便。（轉頭向龐爵士）珍的交遊太雜了。易大人當然是不凡的人物，能見到他，眞榮幸。不過那位下議院議員讙先生——

龐爵士：管先生，太太，管。

龐夫人：他一定很有身分。一輩子誰也沒聽過他的大名，這年頭呀這種人一定很有來頭。可是艾倫比太太這個人卻不很正派。

海絲特：我討厭艾倫比太太。說不出對她有多討厭。

龐夫人：武小姐，像你這樣的外國人來人家作客，對其他客人，我認爲不應該起好惡之心。艾倫比太太出身很好。她是布朗卡斯特大人的姪女。當然了，有人說她私奔過兩次才結婚的。可是你知道，一般人往往言過其實。我自己呢認爲她不過私奔了一次。

海絲特：亞伯納先生就很可愛。

龐夫人：是呀！在銀行裡做事的那青年。洪夫人邀他來作客，眞是好心，而易大人也似乎很喜歡他。不過我認爲珍不應該這麼抬舉他。武小姐，在我年輕的時候，都不作興跟自力謀生的人來往的。大家都覺得那樣不行。

海絲特：在美國，這種人才是我們最尊敬的。

龐夫人：我完全相信。

海絲特：亞伯納先生的性情眞好！這麼單純，這麼直率。在我見過的人裡，沒有人比他性情更好。能見到「他」，眞是榮幸。

龐夫人：武小姐，在英國，年輕的小姐提到異性的人物，不作興用這麼親熱的口吻。英國女人在婚前不流露感情，要婚後才流露。

海絲特：在英國，少男跟少女不准有友情嗎？

（洪氏丹敦夫人上，後隨僕人，帶著披肩和靠墊。）

龐夫人：英國人認爲異性之間不宜發生友情。珍呀，我剛才還說你請客的茶會眞有趣。你挑客人眞有眼光。這完全是天才。

洪夫人：親愛的凱洛琳，你太客氣了！我想大家一定很合得來。希望我們可愛的美國客人，帶回去的是英國鄉村的快樂回憶。（轉頭向僕人）那邊的靠墊，法蘭西斯。還有我的披肩。雪特蘭羊毛的那件。拿過來。

（僕人下，去拿羊毛披肩。亞伯納上。）

傑　若：洪夫人，我有大好的消息告訴您。易大人剛才自動僱我做他的祕書。

洪夫人：做他的祕書？那眞是好消息，傑若。你的前途眞是光輝燦爛哪。你的好媽媽一定很開心。我眞應該想辦法勸她今晚來這兒。你認爲她會來嗎？我知道，無論要她去哪兒，都不方便。

亞伯納：哦！我相信她會來的，洪夫人，只要她曉得易大人已經僱了我。

（僕人帶羊毛披肩上。）

洪夫人：我馬上寫信告訴她，請她來這兒見易大人。（對僕人說）等一下，龐夫人：亞先生，像你這樣的年輕人，這正是大好的差事。

法蘭西斯。（寫信）

傑　若：當然是了，龐夫人。我相信自己能做得稱職。

龐夫人：沒問題。

傑　若：（對海絲特）「你」還沒恭喜我呢，武小姐。

海絲特：你被聘，很開心吧？

亞伯納：當然了。對我太重要了——以前不敢奢望的東西，現在都有指望

了。

海絲特：沒有東西是不可以希望的。人生就是希望。

洪夫人：凱洛琳，我猜易大人的目標是外交。聽說會派他去維也納。不過也

許不確定。

龐夫人：珍，我認爲英國的駐外使節不應該是單身漢。否則會有麻煩。

洪夫人：你太緊張了，凱洛琳，相信我吧，你太緊張了。何況易大人隨時可

能結婚。我就一直希望他娶楷淑小姐呢。不過我相信他說過，那小

姐的家族太大。不然就是說她的腳太大。我忘記是哪一樣了。眞是可惜呀。她天生該做大使夫人。

龐夫人：她的記性也眞怪，記得人家的名字，卻忘了人家的面孔。

洪夫人：哎，凱洛琳，這是理所當然，對吧？（對僕人）跟亨利說，要等回音。傑若，我寫了張便條給你母親，告訴她好消息，並且請她務必來晚餐。

（僕人下。）

傑　若：您眞是太客氣了，洪夫人。（對海絲特）去散步好嗎，武小姐？

海絲特：好啊。

（偕傑若下。）

洪夫人：傑若交好運，我太高興了。他一直是我提拔的。我提都沒提，易大人居然主動僱他，尤其令我開心。誰都不喜歡別人來求情。我還記得有一年社交季節，可憐的夏洛蒂很不得人緣，因爲她家有個法國教師，她逢人便想推薦。

龐夫人：珍，那家庭教師我見過。夏洛蒂派她來見我。當時愛麗娜還沒出世。她太漂亮了，正經的人家誰都不敢要。也難怪夏洛蒂那麼急於把她擺脫。

洪夫人：啊，原來如此。

龐夫人：約翰，草地太潮溼了。你不如趕快穿上套鞋。

龐爵士：我很舒服呀，凱洛琳，放心吧。

龐夫人：你舒不舒服，得由我來決定，約翰。聽我的話吧。

（龐爵士起身離去。）

洪夫人：你寵壞他了，凱洛琳，你眞的寵壞他了！

（艾倫比太太偕史特菲夫人上。）

（對艾太太）嗯，希望你還喜歡這園林。據說木材很好。

艾太太：樹木好極了，洪夫人。

史夫人：非常，非常好。

艾太太：可是不知道爲什麼，我總覺得，只要我在鄉下住上六個月，我就會變得天眞無邪，誰也不會睬我了。

洪夫人：我保證，好太太，住鄉下絕對沒有這種後果。哪，從前貝爾敦夫人跟費澤多大人私奔，就是從離此地只有兩哩的梅村。這件事我記得一清二楚。可憐貝爾敦大人三天後就死了，究竟是由於喜悅或痛風，我不記得是哪一樣了。當時我們正招待一大夥朋友住在這裡，所以整個事件大家都非常關切。

艾太太：我認爲私奔是沒有勇氣。私奔是逃避危險。危險在現代生活裡已經很少見了。

龐夫人：據我所能了解，今日年輕的女人似乎把不斷玩火當做自己一生的唯一目的了。

艾太太：玩火的一大好處，龐夫人，就是絕對不會給燙到。只有不懂如何玩火的人，才會給燒焦。

史夫人：對呀，我明白了。這道理非常非常有用。

洪夫人：我倒看不出，這世界怎麼能靠這樣的理論來過日子，艾太太。

史夫人：啊！這世界原是爲男人造的，不是爲女人。
艾太太：哦，別這麼說，史夫人。我們的日子比男人的好過得多。禁止我們去做的事情比禁止他們去做的，多得多了。
史夫人：對呀，說得非常非常的對。我倒沒想到這一點。
（龐爵士偕管先生上。）
洪夫人：嗯，管先生，你的文章寫好了嗎？
管先生：今天的份已經寫完了，洪夫人。眞是苦差事。這年頭，政治人物在時間上的負擔非常沉重，眞的非常沉重。而且我覺得這種種負擔人家並不領情。
龐夫人：約翰，你穿上套鞋沒有？
龐爵士：穿了，太太。
龐夫人：你還是來我這邊比較好，約翰，比較遮風。
龐爵士：我這邊很舒服，凱洛琳。
龐夫人：我不相信，約翰。你還是坐在我旁邊好。

（龐爵士起身，走了過去。）

史夫人：管先生，今天上午你寫了些什麼呢？

管先生：還是老生常談，史夫人，〈論純潔〉。

史夫人：這話題寫起來一定非常，非常有趣。

管先生：史夫人，這是當今的一大話題，真正有關國家興亡。我準備在下議院開會之前，就這個問題向我的選民演講。我發現，本國的貧民顯然盼望把道德的標準提高。

史夫人：他們眞是，眞是上進。

龐夫人：你贊成女人投入政治嗎，罐先生？

龐爵士：管先生，太太，管先生。

管先生：龐夫人，女人勢力的上升，是本國政治活力的一大保證。女性總是站在道德的一邊，不論是公德或是私德。

史夫人：聽你這麼說，眞是非常，非常令人高興。

洪夫人：對呀！女性的德性，正是要點。凱洛琳，只怕親愛的易大人對女性的德性，評價不夠肯定。

（易大人上。）

史夫人：全世界都說易大人非常，非常邪惡。

易大人：這句話是哪一個世界說的呢，史夫人？一定是來生來世吧。今生今世，跟我的關係好著呢。（在艾太太身邊坐下）

史夫人：凡我認得的人都說你非常，非常邪惡。

易大人：這年頭呀有些人到處走動，在背後說你的壞話，竟然句句都千眞萬確，實在荒唐透頂。

洪夫人：親愛的易大人完全沒救了，史夫人。我早已灰了心，不想改造他了。要改造他呀，得動用一家企業公司的董事會，再加上一位專職的祕書才行。可是易大人呀，你不是已經有祕書了嗎？傑若已經把他的好運告訴我們了；你眞是好心。

易人大：哦，別這麼說，洪夫人。好心是一個可怕的字眼。我一見到年輕的傑若就很喜歡他，以後我如果發傻勁想做些什麼事，他一定能幫我大忙。

洪夫人：他是個了不起的青年。他母親也是我的好朋友。他剛才帶我們的漂亮美國小姐散步去了。她很漂亮，對嗎？

龐夫人：漂亮過了頭。所有的好對象呀都給這些美國女孩搶走了。爲什麼她們不能留在自己的國內呢？大家不都說美國是女人的天堂嗎？

易大人：沒錯呀，龐夫人。這就是爲什麼她們像夏娃一樣，迫不及待要離開天堂。

龐夫人：武小姐的父母是誰呀？

易大人：美國女人都聰明絕頂，從不洩漏自己的父母。

洪夫人：我的好易大人，你這是什麼意思？凱洛琳，武小姐是個孤兒。她的父親生前是個大富豪，又說是個大慈善家，想必都是的；我的兒子去波士頓，他曾經殷勤招待。她父親當年是怎麼起家的，我倒不清楚。

管先生：我猜是經營美國的紡織品。

洪夫人：什麼是美國紡織品呢？

易大人：美國小說。

洪夫人：太奇怪了！……不過，管她的億萬家產是怎麼來的，我倒是很欣賞武小姐。她的穿著十分得體。所有的美國人都穿得很體面：衣裝都是巴黎貨。

艾太太：洪夫人，大家都說，好心的美國人死後，都去了巴黎。

洪夫人：眞的嗎？那，壞心的美國人死了，又去哪裡？

易大人：哦，去美國呀。

管先生：易大人，只怕你並不欣賞美國。美國是個很出色的國家，特別是想到它多年輕。

易大人：美國的年輕正是他們最老的傳統。這傳統已經傳了三百年了。聽他們的言談，你還以爲他們是在童年的第一階段呢。就文明而言，他們也才在第二階段。

管先生：美國的政治無疑頗多腐敗。想必你是指這一點吧？

易大人：不一定吧。

洪夫人：各國的政治都很糟，聽說。英國是糟定了。卡杜先生要把英國給毀了。我不懂卡杜太太爲什麼不阻止他。易大人，我相信你不會認爲，沒受過教育的人民可以投票吧？

易大人：我認爲只有這種人可以投票。

管先生：那麼在當代政壇你是不表立場的了，易大人？

易大人：什麼事情都絕對不可以表明立場，管先生。表明立場是誠實的開端，而態度認眞很快就會跟進，從此一個人就變得可厭了。不過呢，下議院卻也無傷大雅。你不能只憑國會立案，就使人向善——這就很不錯了。

管先生：你也不能否認，下議院對窮人的痛苦一向深表同情。

易大人：那正是下議院特有的罪過。也正是當代特有的罪過。一個人應該同情的，是生命的喜悅、美麗與色彩。至於生命的傷痛，少說爲妙，管先生。

管先生：不過，倫敦東區的問題還是很嚴重。

易大人：一點也不錯。正是奴隸制度的問題。而政府竟想以取悅奴隸來解決。

洪夫人：正如你所說，易大人，這問題用通俗的娛樂就大可解決了。可愛的杜伯尼博士，我們教區的牧師，在副牧師的協助下，爲貧民安排的冬令娛樂，做得實在出色。諸如幻燈機啦，傳教士啦，或是類似的通俗娛樂，都應該很見效。

龐夫人：珍，我根本不贊成要爲貧民提供什麼娛樂。毛毯和煤炭足夠了。上層階級追求逸樂，已經過了頭。現在生活裡我們缺少的，是健康。目前的風氣不健康，完全不健康。

管先生：完全說對了，龐夫人。

龐夫人：相信我自己通常是對的。

艾太太：可怕的字眼，「健康」。

易大人：英文裡最無聊的字眼了，大家都很明白，通俗的觀念裡健康是什麼。不過是英國的鄉紳騎馬追狐狸——追的，教人罵不出口，逃的，教人吃不進口。

管先生：請問，易大人，您是否認爲上議院這機構優於下議院？

易大人：好得多了，當然。我們在上議院根本不理會輿論。所以我們才成爲文明團體。

管先生：您表達這樣的觀點，是認眞的嗎？

易大人：十分認眞，管先生。（向艾太太）這年頭大家有個俗氣的習慣，就是在別人提出一個觀念之後，問人家是否當眞。沒有什麼事情當得了眞，除了熱情。理性不能當眞，從來不能。理性是一件樂器，可以拿來演奏，如此而已。唯一當眞的說理方式是英國式的道理。而講英式道理，是由文盲來敲鼓。

洪夫人：你說誰在敲鼓呀，易大人？

易大人：我只是跟艾太太談到倫敦報紙上的社論。

洪夫人：可是報上所寫的你都相信嗎？

易大人：相信。這年頭呀只有不堪一讀的才是眞的事情。（跟艾太太一同起身。）

洪夫人：你要走了嗎，艾太太？

艾太太：只走到暖房爲止。今早易大人告訴我，那邊有一株蘭花，美得像七大死罪。

洪夫人：天哪，希望沒有這種東西，我一定要去警告園丁。

（艾太太與易大人下。）

龐夫人：眞不同凡響，艾太太。

洪夫人：她伶牙利齒，有時候管不住自己。

龐夫人：艾太太管不住的，珍，只有這一件東西嗎？

洪夫人：希望如此，凱洛琳，我相信。（奧夫烈勳爵上）親愛的奧大人，歡迎光臨。

（奧大人在史夫人旁邊坐下。）

龐夫人：你相信人人都善良，珍。這是個大毛病。

史夫人：你眞的，眞的認爲，龐夫人，我們應該相信人人都邪惡嗎？

龐夫人：我認爲這樣比較安全，史夫人。當然了，除非有一天你發現大家都良善。可是這年頭呀，這種事情要花許多功夫去調查。

史夫人：可是在現代生活裡，刻毒的醜聞太多了。

龐夫人：昨晚在餐桌上易大人告訴我說，每一樁醜聞都建立在千眞萬確的敗德上。

管先生：易大人當然是一個大聰明人，不過我看哪他對於生命的高貴與純潔，似乎欠缺美好的信心：這種信心對我們的世紀極爲重要。

史夫人：對呀，非常，非常重要，可不是嗎？

管先生：他給我的印象，是不欣賞我們英國家庭生活之美。我要說，在這問題上他受了外國觀念的汙染。

史夫人：什麼，什麼都比不上家庭生活這麼美，對嗎？

管先生：家庭生活是英國倫理制度的中流砥柱，史夫人。失去了它，我們就會跟鄰國一樣。

史夫人：那就非常，非常慘了，對嗎？

管先生：還有，我擔心易大人把女人簡直當作了玩具。哪，我是絕對不把女人當玩具的。於公於私，女人都是男人生活的精神伴侶。沒有女人，我們就會忘記眞正的理想。（在史夫人旁邊坐下。）

史夫人：聽你這麼說，我非常，非常高興。

龐夫人：你結了婚嗎，鑵先生？

龐爵士：管先生，太太，管先生。

管先生：我結了婚，龐夫人。

龐夫人：有孩子了？

管先生：有。

龐夫人：幾個呀？

管先生：八個。

（史夫人的注意轉向奧大人。）

龐夫人：鑵太太跟孩子們，我猜，都在海邊度假吧？

（龐爵士聳了聳肩。）

管先生：我太太是帶了孩子們去海邊，龐夫人。

龐夫人：你過幾天要去會他們吧，不用說？

管先生：只要我公務不太忙。

龐夫人：你的從政事業一定源源不斷，令罐太太感到滿意吧。

龐爵士：人家姓管哪，好太太，姓管。

史夫人：（對奧大人）奧大人，你這些金頭香菸眞是非常，非常可愛。

奧大人：貴得厲害呢。只有欠債我才抽得起。

史夫人：欠債一定非常，非常痛苦吧。

奧大人：這年頭呀一個人必須找點事做。要是我不欠債，我就沒什麼事情好思考的了。凡我認識的傢伙，個個都負債。

史夫人：可是借錢給你的債主有沒有給你極大、極大的麻煩呢？

（僕人上。）

奧大人：哦沒有，寫信是他們，不是我。

史夫人：眞是非常，非常奇怪。

洪夫人：啊，信來了，凱洛琳，亞伯納太太寫的。她不來赴宴，眞遺憾。可是晚上會過來。我眞是高興。這女人眞討人喜歡。字也寫得漂亮，又大方，又有力。（把信遞給龐夫人。）

龐夫人：（看信）欠一點閨秀氣，珍。我最羨慕女人有閨秀氣。

洪夫人：（收回信來，擱在桌上）哦！她非常秀氣，凱洛琳，而且很善良。你應該聽聽總鐸怎麼說她的。總鐸認爲她是自己教區裡的得力助手。（僕人對她說話）在黃色大客廳。我們都進去吧？史夫人，我們都進屋去喝下午茶，好嗎？

史夫人：好極了，洪夫人。

（眾人起身，準備離去。龐爵士作勢要為史夫人拿披風。）

龐夫人：約翰！史夫人的披風讓你侄兒照料，你可以幫我拿針線籃。

（易大人偕艾太太上。）

龐爵士：當然，好太太。

（龐爵士下。）

艾太太：眞奇怪，不漂亮的女人總是緊盯著自己的丈夫，漂亮的女人就絕對不會！

易大人：漂亮的女人沒空呀。她們總是忙著緊盯別人的丈夫。

艾太太：我還以爲，到現在了龐夫人總該厭倦婚姻的煩惱了吧！龐爵士是她的第四任了！

易大人：結這麼多婚實在不正常。二十年的羅曼史使女人看來像廢墟，可是二十年的婚姻哪卻使女人看來像辦公大樓。

艾太太：二十年的羅曼史！有這樣的事情嗎？

易大人：這年頭不會有。女人變得太聰明了。女人而有幽默感，最破壞羅曼史了。

艾太太：不然就是男人而欠幽默感。

易大人：一點也不錯。在一座廟裡，人人都應該正正經經，除了偶像本身。

艾太太：那，應該是男人嗎？

易大人：女人下跪才高雅，男人不行。
艾太太：你想的是史夫人吧！
易大人：向你保證，我已經有一刻鐘沒想到史夫人了。
艾太太：她就這麼神祕嗎？
易大人：她不止是神祕——她是一種心情。
艾太太：心情不能耐久。
易大人：魅力正在於此。

（海絲特偕傑若上。）

傑　若：易大人，每個人都在恭喜我，洪夫人和龐夫人和……每一個人。我希望能做一個好祕書。
易大人：你會成爲模範祕書的，傑若。（繼續與他交談。）
艾太太：你喜歡鄉村生活嗎，武小姐？
海絲特：喜歡極了。
艾太太：你不盼望參加倫敦的宴會嗎？

海絲特：我不喜歡倫敦的宴會。

艾太太：我卻羨慕極了。那種場合，聰明人根本不聽別人講話，笨人呢根本不開口。

武小姐：我覺得笨人才滔滔不絕。

艾太太：啊，我根本不聽！

易大人：我的好孩子，要是我不喜歡你，我就不會僱你。就是因爲我很喜歡你，才會要你跟我在一起。（海絲特與傑若下）可愛的小伙子，這亞傑若！

艾太太：他是很乖，眞是很乖。可是我受不了那美國小姐。

易大人：爲什麼？

艾太太：她昨天跟我說，聲音還很大，說她只有十八歲，眞是討厭。

易大人：女人告訴你她的眞實年齡，這種女人絕對不能相信。這種事她都能告訴你，那什麼事都能告訴你了。

艾太太：此外，她還是清教徒。

易大人：啊，這就不可原諒了。相貌平凡的女人做清教徒，我並不反對。這是她們長得平凡的唯一藉口。可是武小姐絕對漂亮。我對她非常欣賞。（定睛注視艾太太）

艾太太：你眞是一個徹底的壞男人！

易大人：你認爲什麼才是壞男人呢？

艾太太：欣賞天眞無知的那種男人。

易大人：而壞女人呢？

艾太太：哦！男人從不厭倦的那種女人。

易大人：你太苛求了——對自己。

艾太太：把我們女性下個定義吧。

易大人：沒有祕密的人面獅身。

艾太太：那也包括女清教徒嗎？

易大人：你知道嗎，我才不相信女人有什麼清教徒！我不認爲世界之大會有一個女人，你向她求愛，竟會毫不自得的。正因爲這樣，女人的可愛才無可抗拒。
艾太太：你認爲世界上沒有女人會反對別人求吻嗎？
易大人：有也很少。
艾太太：武小姐就不會讓你吻她。
易大人：你確定嗎？
艾太太：十分確定。
易大人：要是我吻了她，你認爲她會怎樣？
艾太太：要不就嫁給你，要不就用手套打你耳光。要是她用手套打你耳光，你又會怎樣？
易大人：愛上她吧，也許。
艾太太：那你眞是幸運，不打算吻她！
易大人：這算是挑戰嗎？
艾太太：我不過無的放矢而已。
易大人：你不知道我要做的事都做得成嗎？

艾太太：聽你這麼說，眞是遺憾。我們女人愛的是輸家。輸家才會依賴我們。
易大人：你們崇拜贏家。你們攀附的是贏家。
艾太太：我們是掩飾贏家禿頭的桂冠。
易大人：而他們永遠需要你們，除了在勝利的剎那。
艾太太：一勝利他們就乏味了。
易大人：你們眞是可望而不可即！

（稍停。）

艾太太：易大人，有一樣東西會令我永遠喜歡你。
易大人：只有一樣東西嗎？我的壞處多著呢。
艾太太：啊，也不必因此太得意吧。否則老來你就全喪失了。
易大人：我根本不準備變老。靈魂生來衰老，卻愈來愈年輕。這正是生命的喜劇。
艾太太：而肉體生來年輕，卻愈變愈老。正是生命的悲劇。

易大人：也是喜劇，有時候。可是有什麼神祕的原因會令你永遠喜歡我呢？

艾太太：那就是你還沒有向我求愛。

易大人：我一直在做的，不全是這件事嗎？

艾太太：眞的嗎？我一直倒沒注意啊。

易大人：幸虧如此！否則對你我都是悲劇。

艾太太：可是彼此都死不了。

易大人：這年頭呀一個人再怎麼都能絕處逢生，除非碰上死亡，而且什麼都能在生前洗刷，除了一世英名。

艾太太：你追求過一世英名嗎？

易大人：人生千般煩惱之中，這一樁我倒從未遭遇過。

艾太太：說不定會的。

易大人：你什麼要嚇我呢？

艾太太：等你吻過那清教徒，我就會告訴你。

（僕人上。）

法蘭西斯：大人，茶會在黃色大客廳裡。
易大人：告訴夫人，我們馬上就來。
法蘭西斯：是，大人。
（僕人下。）
易大人：我們進去喝茶吧？
艾太太：你喜歡這種單純的享受嗎？
易大人：我最愛單純的享受了。單純的享受乃是複雜心靈的避難所。不過，只要你高興，我們就留下來吧。對，留下來。《生命之書》就是以一男一女在花園裡開始。
艾太太：卻以《啓示錄》告終。
易大人：你的劍術很高妙，可是劍頭的護罩掉了。
艾太太：我還有面罩呢。
易大人：因此你的眼睛更可愛。
艾太太：謝謝你。走吧。

易大人：（見到亞伯納太太的信在桌上，拿起來看一下信封。）好奇怪的筆跡！使我想起許多年前我認識的一個女人，筆跡也是這樣。

艾太太：誰呀？

易大人：哦，不是誰。誰都不是。無關緊要的一個女人。（把信放下，與艾太太走上露天平台的梯級。兩人相視而笑。）

——幕　落——

第二幕

布　景：洪氏丹敦莊宅的大客廳，晚宴之後，燈光通明。舞台左、右角各有一門。

（女賓坐在沙發上。）

艾太太：多舒服啊，暫時擺脫了那些男人！

史夫人：是啊，男人把我們害得夠慘了吧？

艾太太：害我們？我倒寧可給他們害。

洪夫人：天哪！

艾太太：可惡的是，那些討厭鬼沒有我們照樣樂得很。所以我認為每個女人都有責任，絕對不能有片刻放任他們，除非是在餐後喘息一下，否則我相信我們這些可憐的女人一定會累出黑眼圈來。

（僕人端咖啡上。）

洪夫人：累出黑眼圈來？

艾太太：是呀，洪夫人。要逼迫男人上進，眞是辛苦。他們總想逃避我們。

史夫人：我倒覺得是我們總想逃避他們。男人眞的非常，非常無情。他們知道自己有力量，而且會利用。

龐夫人：（從僕人手上接過咖啡）這一套男人經簡直胡說八道！最好的辦法是教他們守住本分。

艾太太：可是什麼是男人的本分呢，龐夫人？

龐夫人：照顧自己的太太嘛，艾太太。

艾太太：（從僕人手上接過咖啡）眞的嗎？如果他們沒有結婚呢？

龐夫人：他們如果沒有結婚，就得去找一位太太了。在上流社會混來混去的單身漢之多，簡直不堪。應該通過一個法案，強迫他們一年之內必須通通結婚。

史夫人：（拒接咖啡）萬一他們愛上的人，已經另有歸屬了呢？

龐夫人：萬一如此，史夫人，他們就應該在一星期內跟一位相貌平平的良家女孩結婚，好教訓他們別跟他人的眷屬亂搞。

艾太太：我不認爲誰可以把我們說成「他人的眷屬」。所有的男人都是已婚女人的眷屬。這就是「已婚女人眷屬」的唯一正確定義。可是我們並不屬於誰。

史夫人：哦，我眞非常，非常高興聽到你這番高論。

洪夫人：可是你眞的認爲，凱洛琳，這種事靠立法能有絲毫改進嗎？我就聽說，這年頭呀所有已婚的男人日子都過得像單身漢，而單身漢呢都過得像已婚男人。

艾太太：這兩種男人我根本分不清。

史夫人：哦，我想一個男人有沒有家累，一眼就看出來了。我發現，許多已婚男人的眼裡都有非常，非常悲傷的表情。

艾太太：我只發現，這些人一律無聊透頂，如果是好丈夫；又傲慢至極，如果是壞丈夫。

洪夫人：嗯，比起我年輕的日子來，也許丈夫的類型已經完全變掉了，不過我必須說明，可憐我的好洪老爺人眞可愛，眞金不換。

艾太太：啊，我的丈夫卻是一張期票，我早已厭於如期付現了。

龐夫人：但是你不時還得爲他延期吧？

艾太太：啊，沒有，龐夫人，迄今我只有一個丈夫。想必你認爲我是個大外行。

龐夫人：聽你的人生觀，我只當你從未結過婚。

艾太太：彼此彼此。

洪夫人：乖孩子，我相信你的婚姻生活其實非常幸福，只是你想把幸福瞞住別人。

艾太太：不瞞您說，我被恩納斯特騙慘了。

洪夫人：哦，不至於吧，乖孩子。我跟你的婆婆很熟。她是施垂敦家人，凱洛琳，克大人的千金。

龐夫人：施家的維多利亞嗎？我太記得她了。金髮的傻女人，沒有下巴。

艾太太：啊，恩納斯特倒是有下巴的。他的下巴非常堅強。方方正正的下巴。他的下巴太方板了。

史夫人：你眞認爲男人的下巴會太方正嗎？我認爲男人的長相應該非常，非常堅強，而下巴應該十分，十分方正。

艾太太：那你實在應該認識恩納斯特，史夫人。爲了公平起見，必須預先奉告，他不跟人交談的。

史夫人：我最欣賞沉默的男人了。

艾太太：哦，恩納斯特才不沉默呢。他滔滔不絕，可是並非跟人交談。他說些什麼我不知道。我已經好多年不去聽了。

史夫人：你一直都不原諒他嗎？似乎太悲哀了！不過人生總是非常，非常悲哀，對嗎？

艾太太：人生呀，史夫人，本來就是又苦又短，卻是由一些美妙的剎那串成。

史夫人：是呀，確有這樣的剎那。不過，是因爲艾倫比先生犯下了重大，重大的錯誤嗎？是因爲他生你的氣，說的話太刻毒或是太坦白嗎？

艾太太：哦，我的天，倒沒有。恩納斯特一貫地平靜。他經常令人受不了，這也是一大原因。平心靜氣，最令人冒火。現代好多男人脾氣之好，到了簡直殘暴的地步。眞不懂我們女人竟然如此逆來順受。

史夫人：對呀，男人脾氣好，說明他們不像我們這麼敏感，先天這麼精緻。這在夫妻之間就形成一大障礙，你說對嗎？我還是很想知道，艾倫比先生究竟犯了什麼錯。

艾太太：好吧，我會告訴你，只要你鄭重地保證，從此你會到處張揚。

史夫人：多謝，多謝。我會負責到處去張揚。

艾太太：當初恩納斯特跟我訂婚，他跪著鄭重地向我發誓，說他這一生在我之前從未愛過誰。那時我還很年輕，所以，不用說，我根本不相信他。可是不幸的是，直到我們婚後四、五個月，我才向人打聽。這才發現，他婚前告訴我的話竟然千眞萬確。一個男人竟然是這樣，簡直索然無味。

洪夫人：我的天！

艾太太：男人總想做女人的初戀。這是他們笨拙的虛榮。我們女人看事情哪，天生精明得多了。我們反而要做男人最後的情人。

史夫人：我懂你的意思。說得太美，太美了。

洪夫人：好孩子，難道你是說，你不能原諒丈夫，就因爲他從未愛過別人嗎？你聽過這種事情嗎，凱洛琳？我眞是驚訝。

龐夫人：哦，女人受的教育太高了，珍，這年頭什麼都嚇不倒我們了，除了幸福的婚姻。幸福的婚姻呀顯然越來越少了，少得可觀。

艾太太：哦，幸福的婚姻已經過時了。

史夫人：除非在中產階級，我聽說。

艾太太：也只配中產階級！

史夫人：對呀，可不是嗎？——太像，太像中產階級了。

龐夫人：如果中產階級眞如你所說的那樣，史夫人，那對他們的聲譽眞是大有幫助。非常遺憾的是，在我們的社交層次，做妻子的竟然要一貫地表現輕浮，因爲印象之中貴婦嘛顯然本該如此。上流社會衆所皆知的那許多婚姻所以不幸，我認爲原因在此。

艾太太：你知道嗎，龐夫人，我不認爲妻子的輕浮跟這件事有什麼關係。這年頭呀，許多婚姻之所以失敗，大半得怪做丈夫的太通情達理。如果男人一定要把女人當成全然可以理喻，我們怎麼能指望，跟那種男人在一起的女人能夠幸福呢？

洪夫人：我的天！

艾太太：男人呀，可憐的、可笑的、可靠的、不能缺少的男人，這種性別千萬年來一直都有理可喻。他們改變不了，天生如此。女人的歷史就不同了。我們對付凡事只求合理的惡習，歷來都抗議得有聲有色。從一開始我們就看出只會講理的危險了。

史夫人：對呀，做丈夫的都通情達理，眞是非常，非常煩人。你對理想丈夫有什麼看法，務必告訴我。這對我應該非常，非常有用。

艾太太：理想丈夫？沒有這回事。這一套一無是處。

史夫人：那，就請說理想男人跟我們的關係吧。

龐夫人：他也許極端現實。

艾太太：理想的男人！哦，理想男人對我們的口吻，應該把我們當女神，而對我們的態度，應該把我們當小孩。他應該拒絕我們所有的正經要求，而滿足我們一切的幻想。他應該鼓勵我們反覆無常，而不准我們追求使命。他應該永遠言重意輕，更應該經常意深言淺。

洪夫人：可是他怎麼能兩樣兼顧呢？

艾太太：他絕對不可以挑剔別的美女，否則就會顯得沒有品味，或者令人懷疑品味太高。那不行；他應該善待所有的美女，而說，不知爲何她們都迷不了他。

史夫人：對呀，聽人家用這樣口吻說別的女人，總是非常，非常悅耳。

艾太太：不管我們問他什麼問題，他的回答應該只針對我們本身。他讚美我們的，一律是明知我們欠缺的優點。可是我們從未夢想要具備的美德，他卻應該無情地，十分無情地拿來挑剔我們。他絕對不可以相信：我們會知道有用的東西爲什麼有用。我們要是知道，就不可原諒了。可是凡我們不要的東西，他卻送得很慷慨。

龐夫人：依我看哪，只要有錢付帳有嘴恭維，就是理想男人了。

艾太太：理想男人當衆應該不斷地令我們丟臉，而私下卻對我們十分尊重。不過，他還得隨時準備大吵一場，只要我們想吵，然後說變就變，變得可憐，十分可憐，而不到二十分鐘又理直氣壯地譴責我們，令人不知所措，半小時後更大發脾氣，接著，在八點差一刻，正當我們得換衣赴宴，竟斷然離我們而去。之後，當你眞的不見他了，而他也拒絕收回以前送給你的那些小玩意兒，並且保證不再跟你聯絡或是寫愚蠢的信給你，他就應該傷心欲絕，成天發電報給你，每隔半小時由私家馬車送來字條，而且孤苦零丁地去俱樂部晚餐，讓大家都知道他多麼不快樂。於是又過了可怕的一整個星期，其間你跟自己的丈夫到處走動，只爲了表示你有多麼寂寞，然後你在晚上可以第三度向他訣別，然後，如果他的行爲一直無可挑剔，而你也眞的虧待了人家，那就應該允許他承認他完全錯了，等他承認過了，就輪到女人有責任來原諒對方。於是你一切從頭再來過，略有出入而已。

洪夫人：你眞聰明，好孩子！其實你說的沒有一個字當眞。

史夫人：多謝，多謝。說得眞是動人。我得完全記住才行。有好多細節都非常，非常重要。

龐夫人：可是你還沒有告訴我們，這理想的男人會有什麼獎賞呢。

艾太太：他的獎賞嗎？哦，無限的期待呀。對他該很夠了。

史夫人：可是男人不都是非常，非常苛求嗎？

艾太太：那沒有關係。我們絕對不能屈服。

史夫人：對理想男人也不可以嗎？

艾太太：當然不可以。除非，不用說，你想討厭他。

史夫人：哦，對呀。我懂了。眞是，眞是受益匪淺。你認爲，艾太太，我可能遇見理想男人嗎？會不會不止一個呢？

艾太太：倫敦正好有四個，史夫人。

洪夫人：哦，我的天！
艾太太：（走去她面前）怎麼啦？告訴我。
洪夫人：（低語）我完全忘記那美國小姐一直在這間房裡了。只怕這一番俏皮話裡，有幾句會有點嚇到她。
艾太太：啊，那對她也很有好處！
洪夫人：只希望她沒聽懂太多。我想我應該過去陪她聊聊。（起身走向海絲特）哎呀，我的好武小姐。（坐在她旁邊）你好安靜啊，一直坐在這舒服的小角落裡！想必你一直在看書吧？這邊的圖書室裡書多著呢。
海絲特：沒有，我一直在聽你們講話。
洪夫人：你知道，好孩子，那些話你不必句句當真。
海絲特：我一句也不相信。
洪夫人：那就對了，好孩子。
海絲特：（只顧說下去）今晚您府上有些貴賓的高見，我不能相信有什麼女人竟會有這種人生觀。

（難堪的間歇。）

洪夫人：聽說你們美國的社會非常愉快。有些地方很像我們英國，我兒子來信說的。

海絲特：美國也有派系，洪夫人，跟別處一樣。不過眞正的美國社會無非是我國所有的好女人加上所有的好男人。

洪夫人：眞是合理的制度，我敢說也十分愉快吧。在英國，只怕人爲的社會隔閡太多了。對中產階級和下層階級我們了解得不夠。

海絲特：在美國我們沒有下層階級。

洪夫人：眞的呀？多奇怪的安排！

艾太太：那可怕的女孩在說什麼呀？

史夫人：她眞是天眞得討厭，對嗎？

龐夫人：有很多東西聽說你們美國沒有，武小姐。人家說你們沒有廢墟，也沒有古董。

艾太太：（對史夫人）胡說！他們有自己的母親，自己的習俗。

海絲特：我們的古董，有英國的貴族社會來供應，龐夫人。每年夏天，一批批的古董，用輪船定期送過海來，登陸第二天就向我們求婚。至於廢墟呢，我們正努力建造的東西，要比磚塊跟石頭更加耐久。（起身從桌上拿起自己的扇子。）

洪夫人：哪是什麼呢，好孩子？啊，對了，一場鋼鐵的展覽，是吧，在一個什麼地方，名字蠻怪的？

海絲特：（站在桌旁）我們正努力建造的是一種生活，洪夫人，它的基礎比你們在英國的生活所依靠的，更好、更眞、更純。這，你們大家聽來一定覺得奇怪，怎麼會不奇怪呢？你們英國的這些有錢人，根本不了解自己過的是什麼日子，你們怎麼會了解呢？你們把文雅的、良善的人都排除在社交圈外。你們看不起樸素和純眞的人。你們過日子不是靠別人就是差別人，所以瞧不起別人的自我奉獻；如果你們把麵包丟給窮人，也只是爲了要安撫他們一個時期。你們有的是排場、財富、藝術，卻不懂該怎麼過日子——簡直就不懂。你們愛的，是自己看得見、摸得到、用得著的美，自己能毀壞、也眞毀壞了的美，可是生命中看不見的美，更高的生命中看不見的美，你們卻一無所知。你們已經失去了生命的奧祕。哦，你們英國的上流社會，在我看來只是膚淺、自私、愚蠢。自己把眼睛矇住了，把耳朵堵住了。躺下去像痲瘋穿錦衣，坐起來像死人塗金粉。完全不行，完全不行。

史夫人：我不認爲這一套有什麼好聽的。不是十分，十分文雅吧？

洪夫人：親愛的武小姐，我還以爲你很喜歡英國的社會呢。你在這裡也很得人緣。上流人物都很賞識你。魏斯敦大人怎麼說你的，我全忘了——不過都是讚不絕口，你也知道他是選美的權威。

海絲特：魏斯敦大人！我記得他，洪夫人。這個人的笑容很恐怖，舊帳也很恐怖。他到處有人請。宴會都缺不了他。可是被他毀了的那些人呢？現在都沒人理了，也沒人曉得了。你在街上遇到她們，都會掉頭不顧的。我並不怪她們自討苦吃。凡是有罪的女人都活該受罪。

（亞伯納太太披著披風，戴著面紗，從後面的露台上。她聽到了海絲特最後一句話，吃了一驚。）

洪夫人：我的好小姐！

海絲特：她們是應該受罪，但是不應該只讓她們受苦。如果男女都犯了罪，就該讓兩人都去沙漠，去相愛或者相怨。雙方都應該背負惡名。高興的話，也不妨每人都留下記號，可是不能只懲罰一方而放過另一方。不能對男人是一套法律，對女人是另一套。在英國你們對女人不公平。除非你們承認，女人引以爲羞的，男人也應當引以爲恥，你們就永遠不會公平，而正義，火焰的支柱，邪惡，煙霧的支柱，在你們眼中就含糊不清，不是根本看不見，就是見了也不認得。

龐夫人：武小姐，乘你站起來了，能不能麻煩你把你背後的針線遞給我？謝謝你。

洪夫人：我的好亞太太！眞高興你來了。可是剛才沒聽見僕人通報。

亞太太：哦，我直接從露台進來的，洪夫人，你沒有告訴我府上有宴會。
洪夫人：算不上宴會。只是有幾位客人來屋裡過夜，你一定要見一見。請跟我來。（作勢引路。搖鈴）凱洛琳，這位是亞伯納太太，我的好朋友。龐夫人、史夫人、艾太太，還有我的美國年輕朋友武小姐，她正在說我們英國人有多壞。
海絲特：恐怕您認爲我的話說得太重了，洪夫人。可是在英國有些事情——
洪夫人：我的好小姐，你剛才講的話，我敢說，很有道理，而你說的時候表情眞是動人；這比言之有物更加重要，易大人總這麼說。只有其中一點，我認爲你提到龐夫人的哥哥，可憐的魏斯敦大人的時候，說得苛刻了一些。他其實很好相處。（僕人上）把亞太太的東西接過來。
（僕人帶披肩之類下。）
海絲特：龐夫人，想不到是您哥哥。眞抱歉冒犯您了——我——
龐夫人：我的好武小姐，你剛才簡短的演說，容我叫它作演說，其中只有一段我完全同意，就是說到我哥哥的那段。你再怎麼罵他，都不爲過。我承認亨利是惡名昭彰，絕對是惡名昭彰。不過我不能不指出，珍，正如你剛才說的，我哥哥最好相處，他家的廚師在倫敦也要算一流，而一頓好菜下肚之後，什麼人你都能原諒，就連自己的親戚。

洪夫人：（對武小姐）哪，好孩子，來這邊，跟你介紹亞伯納太太。你剛才還說我們從不招待的人裡面，她正是又好、又甜、又單純的例子。亞太太很難得來我家，眞遺憾。可是這不能怪我。

艾太太：眞討厭，那些男人在晚餐後這麼久還不散！我猜，他們正在大講我們的壞話呢。

史夫人：你眞以爲是這樣嗎？

艾太太：包你如此。

史夫人：多麼，多麼可怕呀！我們去露台上好嗎？

艾太太：哦，千萬要躲開這些豪門遺孀跟糟老太婆。（起身，與史夫人走去左角的邊門）我們只是去看星星，洪夫人。

洪夫人：星星多的是，好太太，多的是。可是別著了涼。（對亞伯納太太）大家都非常捨不得傑若呢，亞太太。

亞太太：易大人眞的自動要聘傑若做他的祕書嗎？

洪夫人：哦，是呀！這件事他做得眞漂亮。他對令郎極其看重。你不認識易大人吧，我敢說。

亞太太：我從沒見過他。

洪夫人：你聽過他的大名吧，一定？

亞太太：恐怕也沒聽過。我跟世界非常隔絕，也很少跟人來往。只記得多年前聽說有一位年老的易林華斯勳爵，住在約克郡，我想。

洪夫人：對呀。那該是上一任的伯爵。他是個怪人，曾經想娶平民，還是不願低就，我猜。當時成了醜聞。現在這位易大人完全不同，非常傑出。他做過——嗯，他什麼也不做；這件事哪，只怕我們漂亮的美國客人認爲，無論是誰這麼閒著，都非常不對，我也不知道他對你十分關切的話題，有多在乎，我的好亞太太。凱洛琳，你認爲易大人會關切貧民住宅方案嗎？

龐夫人：我猜他絕對不會，珍。

洪夫人：大家的品味各有不同，是吧？可是易大人地位非常崇高，只要他肯開口，沒有東西是得不到的。當然了，他還是比較年輕，而繼承爵位時也才——凱洛琳，易大人繼位到底多久了？

龐夫人：大約四年吧，珍，我想。我記得，跟我哥哥上次被晚報揭發，是同一年。

洪夫人：啊，我記起來了。應該是四年前吧。當然，在現任的易林華斯伯爵之外，本來還有很多人選，更有資格繼位，亞太太。譬如哪——還有誰來著，凱洛琳？

龐夫人：還有可憐瑪格麗特的寶寶。你該記得她拚命想生個男孩，果然是男孩，可惜死了，不久她丈夫也死了，而她幾乎是立刻嫁給了阿斯各勳爵家的一個兒子，聽說，新丈夫還常打她。

洪夫人：啊，那是他家的家風，凱洛琳，人家的家風。這中間，我記得，還有個牧師，一心想當瘋子，還是瘋子一心想當牧師，我忘記哪一樣了，不過我知道大法官法庭調查過這件事，判決他完全正常。後來在可憐的普蘭斯泰勳爵府上我見到他，頭髮裡夾著麥稈，還是整個人非常古怪，我記不清了。西席麗亞小姐生前見不到自己的兒子繼承爵位，凱洛琳，我一直覺得可惜。

亞太太：西席麗亞小姐？

洪夫人：易大人的母親，亞太太，是吉寧安公爵夫人漂亮女兒中的一位，後來嫁給哈福德爵士，當時大家都認爲丈夫配不上她，卻又說她丈夫是倫敦第一美男子。我跟他們一家都很熟，包括那兩個兒子，亞瑟跟喬治。

亞太太：想必是長子繼承爵位吧，洪夫人？

洪夫人：沒有，長子打獵送了命，還是釣魚死的呢，凱洛琳？我忘了。可是喬治什麼都得到了。我一直跟他說，不是長子而能有這樣的好運，只有他了。

亞太太：洪夫人，我有話立刻要跟傑若講。我可以見他嗎？能找他來嗎？

洪夫人：當然了。我會差僕人去餐廳叫他。不曉得男士們爲什麼這麼久還不散。（按鈴）我最早認識易大人，他還是普普通通的喬治・哈福德，不過是交際場中一位很瀟灑的公子哥兒，簡直一文不名，全得靠可憐的西席麗亞給他。母親對他愛護備至，我想，主要因爲他跟父親合不來。哦，親愛的總鐸來了。（向僕人）不用了。

（龐爵士與杜伯尼博士上。龐爵士走向史夫人。杜伯尼博士走向洪夫人。）

總　鐸：易大人眞是有趣。太高興了。（見到亞伯納太太）啊，亞太太。

洪夫人：（對杜伯尼）你看，我把亞太太終於請來了。

總　鐸：您的面子眞大，洪夫人。內人要羨慕死了。

洪夫人：眞遺憾尊夫人今晚不能一同光臨。又是頭痛吧，我看。

總　鐸：是呀，洪夫人；受罪死了。可是她一個人最自在，一個人最自在。

龐夫人：（對丈夫）約翰！

（龐爵士走去妻子身邊。總鐸與洪夫人、亞太太交談。）

（亞太太一直注意易大人。他卻越過房間而未發現她，反而走近艾太太；艾太太正與史夫人站在門邊，向露台望去。）

易大人：天下第一美人，你好。

艾太太：（握住史夫人的手）我們都很好，謝謝你，易大人。可是你在餐廳裡只待了一會兒呀！好像我們剛才從餐廳出來。

易大人：我剛才悶死了。一直沒有開腔。急死了，想進來找你。

艾太太：你早該如此。那美國女孩一直在對我們說教。

易大人：眞的嗎？美國人都愛說教，我相信。我猜這跟他們的氣候有關係。她說些什麼呢？

艾太太：哦，清教了，當然。

易大人：我豈能不教她叛教呢？你限我多久的時間？

艾太太：一個禮拜。

易大人：要不了一個禮拜。

（傑若與奧夫烈大人上。）

傑　若：（走向亞太太）親愛的母親。

亞太太：傑若，我很不舒服。送我回家吧，傑若，我不該來的。

傑　若：眞遺憾，母親。好吧，可是您得先見見易大人。（越過房間。）

亞太太：今晚不行，傑若。

傑　若：易大人，我很想爲您介紹我母親。

易大人：好極了。（對艾太太）我一下子就回來。人家的母親一律令我厭煩。女人到頭來全像自己的母親。那是女人的悲劇。

艾太太：男人到頭來全不像自己的母親。那是男人的悲劇。

易大人：你今晚的心情眞好！（轉身與傑若越過房間走向亞太太。見到她，他驚疑得退了一步，然後慢慢轉看傑若。）

傑　若：母親，這是易大人，他要僱我做他的私人祕書。（亞太太冷然點頭）這對我眞是件好差事吧？但願我不致令他失望就是了。您也向易大人道謝一聲好嗎，母親？

亞太太：我相信，易大人是好心，一時興起關心起你來。

易大人：（手按傑若的肩膀）哦，傑若跟我已經是好朋友了，亞……太太。

亞太太：您跟我的兒子根本扯不上關係，易大人。

傑　若：母親，您怎麼能這樣說呢？當然了，易大人聰明絕頂，沒話說。沒有什麼事情是易大人不懂的。

易大人：我的好孩子！

傑　若：我沒有見過誰像他這麼了解人生。在您面前，我覺得自己特別笨，易大人。當然了，我一直沒什麼條件，不像別人上過伊敦或者牛津。可是易大人似乎並不在乎。他一直對我很好，母親。

亞太太：易大人也許會改變主意。他也許並不是眞要你做祕書。

傑　若：母親！

亞太太：你別忘了。就像你自己剛才說的，你沒有什麼條件。

艾太太：易大人，我要跟你談一下。過來吧。

易大人：失陪了，亞太太。嗯，別再讓你的好母親出什麼難題了，傑若。事情就這麼說定了吧。

傑　若：但願如此。

（易大人越過房間走到艾太太面前。）

艾太太：還以爲你再也擺不脫穿黑絲絨的那個女人了呢。

易大人：她眞是帥氣極了。（望著亞太太。）

洪夫人：凱洛琳，我們都轉去音樂室好嗎？武小姐就要演奏了。你也一起來好嗎，亞太太？你料不到節目會有多精彩。（對總鐸）我眞得揀一天下午帶武小姐去府上。非常希望您夫人能聽她拉小提琴。啊，我忘了。尊夫人的聽覺有點不便，是嗎？

總　鐸：爲了重聽，她非常辛苦。現在她連我的講道也聽不見了，只能在家念我的講辭。可是她自己有的是辦法，有的是辦法。

洪夫人：她閱覽很廣吧，我想？

總　鐸：只能看最大號的字體。視力也很快在減退。不過她絕無病態，絕無病態。

傑　若：（對易大人）去音樂室之前，易大人，您得好好跟我母親談談。不曉得爲什麼，她似乎認爲您對我說的話並不當眞。

艾太太：你來不來呀？

易大人：等一下就來。洪夫人，如果亞太太可以的話，我有幾句話要告訴她，我們待會兒就來。

洪夫人：啊，當然。你有很多話要對她說，她也有很多事情要謝你。並非每個人家的兒子都能得到這樣的好差事啊，亞太太。不過想必你很領情。

龐夫人：約翰！

洪夫人：嗯，不要把亞太太留得太久，易大人。我們不能缺她。

（隨眾來賓下。音樂室傳來小提琴聲。）

易大人：原來他就是我們的兒子，瑞巧！嗯，眞令我覺得有光采。眞是哈家的人，不折不扣。對了，瑞巧，爲什麼姓亞伯納呢？

亞太太：姓什麼不都一樣，反正姓什麼都沒名分？

易大人：也罷了——可是爲什麼叫傑若呢？

亞太太：爲了紀念一個人，我傷了他的心——紀念我父親。

易夫人：唉，瑞巧，過去的別提了。現在我只能說，我們這孩子令我非常非常滿意。大家只會把他當做我的私人祕書，可是我會把他當作至親至愛。眞是奇妙啊，瑞巧；從前我的生命似乎已經十全十美。其實不然。還缺了一樣什麼，缺了一個兒子。現在我找到了自己的兒子，眞高興找到了。

亞太太：你沒有權力來認他，不管是他的一分一毫。這孩子完全是我的，永遠是我的。

易大人：親愛的瑞巧，你一直擁有他，二十多年了。爲什麼現在不讓我擁有他一下呢？他不折不扣是我的，不下於是你的。

亞太太：你說的是自己遺棄的孩子嗎？爲了你，這孩子說不定會死於飢餓與貧困。

易大人：你忘了，瑞巧，當初是你丟下我，不是我丟下你。

亞太太：我丟下你，是因爲你不肯讓這孩子姓你們哈家。孩子出世之前，我曾經求你娶我。

易大人：當時我並沒指望會繼承爵位。而何況，瑞巧，我那時並不比你大多少。我只有二十二歲呀。而整件事在你父親家花園起頭的時候，相信我只有二十一歲。

亞太太：一個人年紀大到能做壞事，也就大到該做好事。

易大人：親愛的瑞巧，思想上的泛泛之論總是動人的，可是道德上要一概而論就太空洞了。至於說我會讓兒子挨餓，那全然是無稽又無聊。我母親想付你每年六百鎊，可是你什麼都不要。你乾脆一走了之，把孩子也帶走了。

亞太太：我一分錢也不要她的。你的父親卻不同。我們在巴黎，他當著我的面，跟你說你有責任娶我。

易大人：哦，責任嘛一個人總是指望別人來盡，而不歸自己來擔當。自然而然，當時我只聽母親的。每個男人年輕時都是那樣。

亞太太：很高興聽你這麼說。所以傑若當然不能跟你走。

易大人：胡說八道，瑞巧！

亞太太：你以爲我會讓我的兒子——

易大人：「我們的」兒子。

亞太太：讓我的兒子（易大人聳肩）被人帶走：那個人糟蹋了我的青春，毀掉了我一生，玷汙了我歲月的每一分一秒？這些年來我過得有多痛苦、多羞辱，你根本不能體會。

易大人：親愛的瑞巧，坦白說，我認爲傑若的未來比你的過去要重要得多。

亞太太：傑若的未來沒法跟我的過去分開。

易大人：這件事正是他應該做的。也正是你應該幫他做的。你眞是典型的女人！說得那麼感情用事，其實一直是徹頭徹腦的自私。我們不要吵了。瑞巧，看待這件事，我希望你用常識的觀點，也就是儘量成全我們兒子的觀點，不要牽扯到你我。我們的兒子現在算什麼呢？英國三級小鎮上一家州立小銀行的低薪行員。你要是幻想他對這份差事十分滿意，就錯了。他根本不滿足。

亞太太：遇見你以前，他並沒有不滿足。是你使他不滿足的。

易大人：當然是我使他不滿足的。不滿，正是一個人或一個國家所以進步的第一步。可是我並沒有害他對許多東西只能嚮往而不能獲得。相反地，我給了他一個好差事。他欣然接受了，不用我說，凡是年輕人都會的。而現在，只因爲我正巧是那孩子的父親而他正巧是我的兒子，你的建議等於要我毀了他的事業。就是說，如果我是陌生人，你就願意讓他跟我去，但是只因爲他是我的親骨肉，你就反而不肯。你簡直不講理！

亞太太：我不會放他走的。

易大人：你怎麼能阻止他呢？你有什麼理由勸他回絕我的這件差事呢？我不會告訴他我跟他有什麼關係，不用說。可是你不敢告訴他。你自己明白。想想看，你是怎麼把他教大的。

亞太太：我教他長大要做君子。

易大人：正是如此。結果怎麼樣？萬一他發現了你的眞相，你給他的教養正好用來審判你。他審判起你來，又會有多刻毒，多不公道。別受騙了，瑞巧。做子女的，開頭總是愛父母的。後來，就會判斷父母。卻很少會原諒父母的，就算是有心吧。

亞太太：喬治，別把我的孩子搶走。我傷心了二十年，只有他來愛我，只有他我可以愛。這一生，你一直歡歡喜喜，順順利利。你一直在享樂，從不想到我們。照你的人生觀來看，你也毫無理由要想起我們。碰見我們了，不過是件意外，可怕的意外。算了吧。現在可別來搶走……搶走我僅有的這一切吧。你在別方面已經太富有了。我命中的小葡萄園就留給我吧；留下我圍牆裡的花園和水井；上帝賜我的小綿羊，不管天意是憐憫或震怒，哦，請留給我吧。喬治，別把傑若搶走。

易大人：瑞巧，此刻你對傑若的事業並非必要；我卻相反。這件事不用再談了。

亞太太：我不會放他走的。

易大人：傑若來了。他有權自己決定。

傑　若：嗯，親愛的母親，想必您跟易大人都談妥了吧？

（傑若上。）

亞太太：還沒有呢，傑若。

易大人：你的母親好像不喜歡你跟我走，不曉得爲什麼。

傑　若：爲什麼，母親？

亞太太：我還以爲你跟我在一起覺得很快樂呢，傑若。不料你竟然這麼急著要離開我。

傑　若：母親，您怎麼能這樣說呢？跟您在一起我當然非常快樂。可是一個男人總不能老跟著自己的母親呀。誰也不會。我需要的是地位，好做一番事業。我還以爲，我能做易大人的祕書您會覺得很有面子呢。

亞太太：我認爲你不適合做易大人的私人祕書。你不夠資格。

易大人：我絕對無意讓人誤會我好管閒事，亞太太，不過你說他不夠資格，這件事當然該由我來判斷。我不得不告訴你，令郎的資格完全合乎我的希望。他的資格其實比我原來料想的還高，高得多了。（亞太太保持緘默）亞太太，你不願讓令郎接這份差事還有其他理由嗎？

傑　若：有嗎，母親？告訴他吧。

易大人：還有什麼理由，亞太太，千萬請你說明。這兒完全沒有別人。不管是什麼，不用說，我都不會告訴別人。

傑　若：母親？

易大人：如果你們母子不要外人在場，我就失陪了。也許你有其他理由不要我聽見。

亞太太：沒有其他理由。

易大人：那麼，我的好孩子，這件事我們就說定了。來吧，我們去露台上吸根菸吧。還有，亞太太，請容我奉告，你的應變非常，非常明智。

（與傑若同下。亞太太獨自留下。她立定不動，臉上的表情說不出有多憂傷。）

——幕落——

第三幕

布　景：洪氏丹敦莊宅畫廊。台後有門通向露台。

（易大人與傑若在右角。易大人斜靠在沙發上。傑若坐在椅上。）

易大人：眞是通情達禮，你的母親，傑若。我就料到，她最後會回心轉意。

傑　若：我母親做人非常認眞，易大人，我知道她認爲我的修養不配做您的祕書。她的看法也完全正確。我在學校裡懶得可怕，現在要挽救自己的命運，也考不取什麼。

易大人：我的好傑若，考試根本沒有價值。一個人只要有身分，自然樣樣都懂，要沒有身分，懂什麼都對自己不利。

傑　若：可是我對這世界太無知了，易大人。

易大人：不用怕，傑若。要記得你有的是世界上最奇妙的東西——青春。什麼也比不上青春。中年是人生的抵押品。老年是人生的廢物間。

可是青年是人生的主人。青春有一整個王國在等著他。每個人都生而爲王，但是大多數人都死於流亡，像大多數君王一樣。爲了救回自己的青春，傑若，什麼我都肯做，除了運動、早起，或者報效社會。

傑　若：可是您不能認老吧，易大人？

易大人：我老得可以當你的父親了，傑若。

傑　若：我可記不得自己的父親；他死了很久了。

易大人：洪夫人告訴過我。

傑　若：眞奇怪，我母親從來不向我提起我父親。有時我還想一定是她嫁的人配不上她。

易大人：（略皺了下眉）眞的嗎？（走過去手按傑若肩頭）沒有父親你感到遺憾吧，傑若？

傑　若：哦，不會；母親對我一直很好。誰也沒有我這樣好的母親。

易大人：那是一定的。不過我還是以爲，做母親的大半不很了解自己的兒子。我是說，不明白兒子有自己的雄心，想要體驗人生，想要成名。說來說去，傑若，你總不能盼望一輩子消磨在像洛克里這種鬼地方吧？

傑　若：哦，才不呢！那就糟了！

易大人：母愛當然很感人，可是往往說不清有多自私。我是說，有不少自私的成分。

傑　若：（遲緩地）我猜是有的。

易大人：你的母親是不折不扣的好女人。可是好女人的人生觀非常有限，眼界非常狹小，興趣也非常瑣碎，不是嗎？

傑　若：她們最關注的顯然不是我們在乎的東西。

易大人：我看哪你母親信的是宗教一類的東西。

傑　若：哦，對呀，她老是上教堂。

易大人：啊！眞是跟不上時代，這年頭呀最要緊的事情就是要跟上時代。你可要跟上時代，對不對，傑若？你可要體會人生的眞相，才不要被什麼老舊的人生哲學所誤。哪，你的當務之急很簡單，就是要迎合上流社會。一個男人只要能掌控倫敦的餐桌，就能夠掌控全世界。未來的主人是貴公子。領導社會的必然是雅士。

傑　若：我是很希望能穿得體面，但是總聽人說，男人不應該太注重衣裝。

易大人：這年頭一般人都膚淺透了，反而不懂膚淺之道。對了，傑若，你得學學怎麼把領帶打得更帥。感情不妨用在鈕扣孔的佩花上，可是領帶的精神全在風格。把領帶打好，是人生莊嚴的起步。

傑　若：（大笑）我也許學得會怎麼打領帶，易大人，可是絕對學不會您的談吐。我不懂該如何談吐。

易大人：哦！對每個女人你的談吐要像是你在愛她，對每個男人呢要像你討厭他，於是在你出道的第一次社交季節之後，就會贏得社交絕頂高手的美名。

傑　若：可是上流社會是很難進去的吧？

易大人：要打進最上流的圈子，這年頭，你要嘛能請人吃飯，要嘛能逗人開心，不然就要能把人家嚇唬——如此而已！

傑　若：想必上流社會一定有趣極了！

易大人：困在裡面只會覺得無聊，可是不能進去就簡直是悲劇。上流社會是必要的。男人在世，除非有女人撐腰，就不算眞正成功；女人才統治上流社會。如果女人不站在你這邊，你就完了。否則你還不如去做大律師、證券商或是記者。

傑　若：要了解女人，很難吧？

易大人：你千萬別想了解女人。女人是圖畫。男人是問題。如果你要了解一個女人眞正的意思——順便一提，做這種事總是危險——只要看她，不要聽她。

傑　若：可是女人都很聰明吧？

易大人：你應該經常對她們這麼說。可是哲學家認爲，我的好傑若，女人代表的是物質勝於心靈——就像男人代表的是心靈勝於道德。

傑　若：那麼女人爲什麼如您所說，有這麼大的力量呢？

易大人：一部女人史正是世界史中最糟的暴政制度：弱者對強者的暴政。只有這種暴政千古不絕。
傑　若：難道女人沒有令人進步的作用嗎？
易大人：令人進步的只有智力。
傑　若：不過，女人也有許多種吧？
易大人：上流社會只有兩種：相貌普通的跟多姿多彩的。
傑　若：可是上流社會也有好女人吧？
易大人：太多了。
傑　若：可是您認爲女人不應該好嗎？
易大人：你千萬不能對她們這麼說，否則她們會立刻變好。女人這種性別，任性得非常動人。每個女人都是叛徒，照例都是狂放地反叛自己。
傑　若：您從未結過婚吧，易大人？
易大人：男人結婚是因爲疲倦；女人結婚是因爲好奇。結果都大失所望。
傑　若：可是您不認爲一個人結了婚會快樂嗎？

易大人：絕對快樂。可是男人結了婚，我的好傑若，快樂與否，要取決於他沒有娶過的那些女人。

傑　若：可是如果那男人在戀愛呢？

易大人：男人應該永遠在戀愛。這就是爲什麼男人千萬不能結婚。

傑　若：愛情是非常奇妙的事情吧？

易大人：一個人戀愛，開始是欺騙自己，結束是欺騙別人。這就是世人所謂的羅曼史。可是眞正的「狂戀」這年頭卻比較少見。只有不務正業的人才有這種特權。這也正是一個國家有閒階級的一大功用，也只有這樣我們哈家人才有個交代。

傑　若：哈家人怎麼啦，易大人？

易大人：我家姓哈福德。你應該研究《貴族譜》的，傑若。這本書，凡是在場面上走動的年輕人都應該徹底熟悉，也是迄今英國人在小說中的最佳成就。傑若，既然你要跟我走進嶄新的生活，我也希望你能了解生活之道。（亞伯納太太出現在後面的露台上）因爲這世界是笨蛋造來給聰明人住的！

（洪夫人與杜伯尼由左角上。）

洪夫人：啊！你在這兒，易大人。嗯，想必你是在告訴我們的年輕朋友傑若，他有什麼新任務，而且一面享受抽菸，一面多加指點吧。

易大人：我給他的指點是一流的，洪夫人，給他的香菸也是一流。

洪夫人：眞可惜我沒能在場領教，可是恐怕我太老，學不會了。除非是向您學，學您在講壇上的道理。可是我總知道您要說什麼，所以並不感到意外。（見到亞伯納太太）啊！親愛的亞太太，快進來一起坐吧。進來吧。（亞伯納太太上）傑若剛才跟易大人談了很久；他樣樣都稱心滿意，想必你一定覺得很有面子。坐下來談吧。（兩人坐下）你那漂亮的刺繡做得怎樣了？

亞太太：一直做著呢，洪夫人。

洪夫人：杜太太也做一點刺繡吧？

總　鐸：以前她針線很伶俐，活像《新約》中縫衣行善的杜蔻絲。可是有了痛風，手指就非常不便了。不碰刺繡架子有九年、十年了。不過她別的娛樂有的是。她對自己的身體非常注意。

洪夫人：啊！那總是有趣的消遣吧？嗯，您們剛才談些什麼呢，易大人。快告訴大家。

易大人：我正要對傑若解釋，人世間總是嘲弄自己的悲劇，只有這樣對待悲劇，才能忍受下去。因此，人世間認眞對待的，反而是喜劇一類的事情。

洪夫人：這對我就太深了。易大人一開口，我照例是覺得深不可測。英國「皇家救溺會」也太粗心了，從來不來救我，就讓我沉下水去。我隱隱覺得，親愛的易大人，你總是站在罪人的一邊，而我知道自己總儘量要站在聖人的一邊，我能做的不過如此。說來說去，這也許只是人要淹死前的妄想罷了。

易大人：聖徒與罪徒之間唯一的差別，在於每一個聖徒都有一段過去，而每一個罪徒卻有一片前途。

洪夫人：啊！這句話正合我意。我沒話說了。你跟我，亞太太，都趕不上時代了。我們跟不上易大人。恐怕我們受的教育太周到了。這年頭，教養太好反而是一大拖累，反而錯過了好多東西。

亞太太：易大人那些想法，哪一樣我都聽不進。

洪夫人：一點也不錯，親愛的亞太太。

（傑若聳肩，不悅地望著母親。龐夫人上。）

龐夫人：珍，你見到約翰了嗎？

洪夫人：你不用爲他煩心，親愛的。他跟史夫人在一起呢；我剛才還見到他們，在黃色大客廳裡。他們在一起，似乎很開心。你要走嗎，凱洛琳？快坐下吧。

龐夫人：我看約翰還得去照料一下。

（龐夫人下。）

洪夫人：男人其實不用這麼照顧。凱洛琳其實也沒什麼好操心。史夫人非常熱心，對張三跟對李四一樣，一視同仁。她人眞好。（龐爵士與艾太太上）啊！龐爵士來了！還陪著艾太太呢！我剛才看見他，原來是跟艾太太在一起。龐爵士呀，凱洛琳到處在找你呢。

艾太太：我們一直在音樂室裡等她的呀，親愛的洪夫人。

洪夫人：啊！音樂室，是呀。我還以爲是黃色大客廳呢，我的記性越來越差了。（轉向總鐸）杜太太記性最好了，是吧？

總　鐸：她一向記性特好，可是上次中風之後，她記得的反而大半是小時候的事了。不過對那些往事她也興致勃勃，興致勃勃。

（史夫人與管先生上。）

洪夫人：啊！親愛的史夫人！管先生跟你都談了些什麼呀？

史夫人：談的是「複本位幣制」，我記得是這樣。

洪夫人：「複本位幣制」！這算是好話題嗎？不過，我知道這年頭無論什麼東西都有人放言高論了。龐爵士又跟你談些什麼呢，親愛的艾太太？

艾太太：談的是巴達戈尼亞。

洪夫人：眞的嗎？這題目扯遠了！不過一定很有益處，我敢說。

艾太太：巴達戈尼亞這題目他講得有趣極了。幾乎對所有的題目，野蠻人的觀點跟文明人似乎完全一樣。他們其實進步透了。

洪夫人：野蠻人都做些什麼事呢？

艾太太：顯然什麼事都做。

洪夫人：嗯，原來人性永遠不變，親愛的總鐸，眞是令人欣慰啊。大致說來，這世界還是原來的世界吧？

易大人：這世界不過分成兩個階級——有的人信荒謬的話，例如大衆——有的人做荒唐的事——

艾太太：例如你自己？

易大人：是呀，我總是叫自己吃驚。只有如此，人生才値得活下去。

史夫人：近來你又做了什麼事叫自己吃驚的呢？

易大人：近來我一直發現自己的性情有各種優美的品質。

艾太太：啊！不要一下子就變得十全十美吧。要一步步來。

易大人：我根本無意變得完美。至少，希望我不會。否則就太不方便了。女人就因爲我們有缺點才愛我們。只要我們的缺點夠多，女人就一切都會原諒我們，甚至包括我們大號的頭腦。

艾太太：要求我們原諒男人喜歡分析問題，還言之過早。崇拜，我們倒能原諒；這倒是男人可以指望我們的。

（奧大人上，走去史夫人身邊。）

洪夫人：啊！我們女人應該原諒一切，對吧，親愛的亞太太？這一點，想必你同意吧。

亞太太：不同意，洪夫人。我認爲有許多事情女人絕對不該原諒。

洪夫人：哪種事情呢？

亞太太：摧殘另一個女人的一生。（慢慢走向台後）

洪夫人：啊！那些事情是很可悲，不用說了，可是我相信，我們有的是很好的休養院，可以照顧並且感化那種人，同時我認爲，大致說來，人生的訣竅在於把事情看得淡而又淡。

艾太太：人生的訣竅在於不該有的感情絕不動情。

史夫人：人生的訣竅在於受盡欺騙、飽經欺騙，卻能自得其樂。

管先生：人生的訣竅在於拒絕誘惑，史夫人。

易大人：人生並無訣竅。人生的目的，眞有的話，不過是永遠在尋找誘惑。能找到的並不夠多。有時候一整天也碰不到一次。太可怕了，令人爲未來擔心。

洪夫人：（揮扇指他）我不懂爲什麼，易大人，可是我覺得你今天所講的話都極端傷風敗德。不過聽你說來卻有趣極了。

易大人：一切思想都不道德。思想的精華就是毀滅。什麼東西你一想到，就給你毀了。一念所及，沒有東西能保存下來。

洪夫人：我一句也聽不懂你，易大人。可是我相信你說的完全正確。就個人而言，在思想的分數上，我沒有什麼好自責的。我不贊成女人想得太多。女人的思想應該不過不失，正如女人的一切作爲都應該合乎中庸。

易大人：中庸會害死人，洪夫人，只有過火才能致勝。

洪夫人：但願我能記住。你這句話聽來像美妙的格言。可是我已經開始忘記一切了，眞是不幸。

易大人：這一點也是你最動人的優點，洪夫人。女人不應該有記憶。女人而念舊正是黃臉婆的開始。單從一個女人戴的帽子，就看得出她是否念舊。

洪夫人：你眞是可愛，親愛的易大人。你總能發現，人家最刺眼的缺點正是他最重要的美德。你的人生觀最令人安慰了。

（法克上。）

法　克：總鐸的馬車到了！

洪夫人：親愛的總鐸！才十點半呢。

總　鐸：（起身）只怕我非走不可了，洪夫人。每逢禮拜二，內人晚上就不好過。

洪夫人：（起身）哪，我就不留您了。（送他到門口）我已經叫法克把一對鵪鶉送上馬車。杜太太也許喜歡。

總　鐸：您眞客氣，可是內人現在完全不碰固體了，只能靠果凍果醬之類過日子。不過她出奇地樂天，出奇地樂天。她也沒什麼好抱怨。

（與洪夫人下。）

艾太太：（走向易大人）今晚月色很美。

易大人：我們就去賞月吧。這年頭呀只有善變的東西看來才動人。

艾太太：你可以看自己的鏡子呀。

易大人：鏡子是無情的，只會照出我的皺紋。

艾太太：我的鏡子比較乖，從不告訴我眞相。

易大人：那它一定愛上你了。

（龐爵士、史夫人、管先生與奧大人下。）

傑　若：我可以來嗎？

易大人：來呀，好孩子。

（與艾太太、傑若走向門口。）

（龐夫人上，匆匆四顧，朝剛才龐爵士與史夫人離去之反方向下。）

亞太太：傑若！

傑　若：怎麼啦，母親？

（易大人與艾太太下。）

亞太太：太晚了，我們回家吧。

傑　若：親愛的母親，再等一下吧。易大人真逗人開心，對了，母親，有件事會給您天大的驚喜。這個月底我們就要動身去印度了。

亞太太：還是回家吧。

傑　若：要是你眞想回去，當然可以，母親，可是我得先向易大人告別呀。五分鐘就回來。

（傑若下。）

亞太太：他想走就讓他走好了，可是不能跟那個人去，不能！我受不了。

（來去徘徊）

（海絲特上。）

海絲特：夜色眞是可愛，亞太太。

亞太太：是嗎？

海絲特：亞太太，希望您肯做我的朋友。您跟此地的其他女人大不相同。今晚您一進客廳，不知道爲什麼，就帶來一種感覺，令人感到生命的善良與清純。我剛才太愚蠢了。有些事情本來該說，可是也會選錯了時間，找錯了對象。

亞太太：你剛才的一番話我都聽見了。完全同意，武小姐。

海絲特：當時我並不曉得您也在聽，可是料想您會同意。女人犯了罪就該受罰，不對嗎？

亞太太：對呀。

海絲特：這種女人就不可以讓她跟正經的男女來往吧？

亞太太：不可以。

海絲特：那個男人呢，也該同樣受罰吧？

亞太太：也同樣應該。還有孩子呢，萬一有了孩子，也同樣處理嗎？

海絲特：是呀，父母的罪孽應該報應在子女的身上，理所當然。這是公理，也是天理。

亞太太：這是可怕的天理。（走向壁爐）

海絲特：兒子就要離開，您很難過吧，亞太太？

亞太太：是啊。

海絲特：您願意他跟易大人走嗎？當然會有地位，沒問題，也會有錢，可是地位和錢並不是一切，對嗎？

亞太太：地位和錢都不算什麼，只會帶來痛苦。

海絲特：那您爲什麼讓兒子跟他去呢？

亞太太：他自己要去呀。

海絲特：可是如果您要求他，他該會留下來吧？

亞太太：他已經決心要走了。

海絲特：他絕對不會拒絕您的。他太愛您了。求他留下吧。讓我去叫他進來。此刻他正跟易大人在露台上呢。剛才我走過音樂室，還聽見他們一起笑呢。

亞太太：別費事了，武小姐，我可以等。沒關係。

海絲特：不行，我得跟他說您要見他。千萬——千萬求他留下。

（海絲特下。）

亞太太：他不會來的——我知道他不會來。

（龐夫人上，焦急四顧。傑若上。）

龐夫人：亞伯納先生，請問龐爵士在露台上嗎？

傑　若：沒有，龐夫人，他不在露台上。

龐夫人：眞奇怪了。不早了，他該就寢了。

（龐夫人下。）

傑　若：親愛的母親，抱歉讓您久等了。我全忘了您在等。我今晚眞開心，從沒這麼開心過。

亞太太：因爲想到就要離開嗎？

傑　若：不要這麼說，母親。當然我不願離開您。哎，您是全世界最好的母親。可是想來想去，正如易大人所說，像洛克里這種地方是住不下去的。您不在乎。可是我不甘心；我要的東西更多。我要開創事業。我要有所成就，使您以我為榮，而易大人正要提拔我。他會盡力提拔我。

亞太太：傑若，不要跟易大人走吧。求你別走。傑若，我求你。

傑　若：母親，您眞是三心兩意！您好像完全拿不定主意。一個半鐘點以前在大客廳裡，您對整件事情都同意了；現在卻又變卦提出反對，要逼我把一生只有一次的機會放棄。是呀，我唯一的機會。您不會認爲，像易大人這樣的人物天天都找得到吧，母親？眞是奇怪，正當我有了這麼奇妙的好運，使我進退兩難的人竟然是自己的母親。還有一件事，您要知道，母親，我愛武小姐。誰能不愛她呢？我對她的愛，超過我向您承認的程度，遠遠超過。如果我有了地位，有了前途，就可以——可以向她——難道您現在還不明白，母親，能做易大人的祕書對我有什麼意義嗎？人生由此開始，等於有一個現成的事業——在你面前——等著你。只要我做了易大人的祕書，我就可以向武小姐求婚。而一個可憐的銀行小職員，年薪一百鎊，竟要向她求婚，就太狂妄了。

亞太太：只怕你不必指望武小姐了。她的人生觀我知道，剛才她告訴了我。

（稍停。）

傑　若：哪，至少我還剩下了雄心。那也很重要——幸好我還有雄心！您一直想要粉碎我的雄心，母親——可不是嗎？您一直對我說世界有多邪惡，名利有多空虛，社會有多膚淺，諸如此類的一套——哼，我才不想信呢，母親。我認爲世界一定很有趣，社會一定很精采，而名利也値得爭取。您教我的這一套都錯了，母親，完全錯了。易大人是成功的人物，也是風頭人物。他享盡了繁華世界，樂在其中。嗯，只要能像易大人那樣，我什麼都不在乎。

亞太太：我倒寧可見你死掉。

傑　若：母親，您到底反對易大人什麼？告訴我——爽爽快快告訴我。到底爲什麼？

亞太太：他是個壞人。

傑　若：壞在哪裡呢？我不懂您的意思。

亞太太：我會告訴你。

傑　若：想必您認爲他壞，是因爲您相信的事情他不相信。哎，男人跟女人不同呀，母親。男女當然會有不同的看法。

亞太太：使易大人成爲壞人的，不是他相信什麼或是不相信什麼，而是他的爲人。

傑　若：母親，是因爲您知道他做了什麼事情嗎？您確實知道他做的什麼事情嗎？

亞太太：是我知道的事情。

傑　若：您十分確定的事情嗎？

亞太太：十分確定。

傑　若：您知道這件事有多久了？

亞太太：二十年了。

傑　若：把人家的經歷追究到二十年前，這公平嗎？易大人早年的生活跟您跟我有什麼關係呢？關我們什麼事？

亞太太：這個人曾經是什麼人，現在就是什麼人，未來永遠是那種人。

傑　若：母親，告訴我易大人究竟做了什麼。只要他做了可恥的事，我就不跟他走。想必您了解我，不會亂來的。

亞太太：傑若，來我身邊。緊緊地靠著我，像你小時候，像你還是媽媽的乖孩子那樣。（傑若挨著母親坐下。她用手指梳他的頭髮，撫他的手。）傑若，從前有一個女孩，很年輕，當時剛過了十八歲。喬治．哈福德——易大人那時的名字——喬治．哈福德遇見了她。她對人生一無所知。喬治對人生卻無所不知，而且引那女孩愛上了他，愛得那麼深，有一天早上竟然離開自己的家跟他出走。當時她深愛喬治，而喬治也已經答應娶她！喬治鄭重地答應過要娶她，她也一直相信。她當時很年輕，而且——而且不明人生的眞相。可是一週又一週，一月又一月，喬治卻把婚禮推延——她也始終深信不疑。她愛他呀。孩子出生以前——因爲她懷孕了——她求喬治爲了孩子娶她，好讓孩子有個名分，免得自己作孽害了孩子，孩子無辜。喬治不肯。孩子生下來後，她就帶著孩子離開，於是她的人生毀了，心靈毀了，她所有的甜蜜、善良、純眞也都毀了。她受盡痛苦——痛苦到現在。她會一直痛苦下去。她無法快樂，無法安心，無法贖罪。身爲女人，她拖著一條鐵鍊，像個罪犯。身爲女人，她戴著一張面具，像個痲瘋患者。火不能淨化她。水不能澆熄她的苦惱。什麼都救不了她！沒有止痛藥能給她安眠！沒有罌粟能給她遺忘！她沉淪了！她成了亡魂！這就是爲什麼我叫易大人做壞人。也就是爲什麼我不要自己的兒子跟他在一起。

傑　若：親愛的母親，這件事聽起來當然很悲慘。不過我敢說那女孩跟易大人一樣，也要怪自己——話說回來，一個眞正的好女孩，只要感情上略知好歹，怎麼還沒有跟人家結婚，會離家跟人家出走，還跟人家同居做人家太太呢？沒有好女孩會那樣呀。

亞太太：（稍停）傑若，我不再反對了。隨時隨地，你都可以跟易大人走了。

傑　若：親愛的母親，我就曉得您不會阻擋我的。您是上帝所造的最好的女人。至於易大人，我不相信他會那麼卑鄙齷齪。我不相信他是那種人——不相信。

海絲特：（在戶外）放開我！放開我！

（海絲特神色驚惶上，奔向傑若，投入他的懷抱。）

海絲特：哦！救救我——幫我攔住他！

傑　若：攔住誰呀？

海絲特：他欺負我！太欺負我了！救救我！

傑　若：誰呀？誰敢——？

（易大人自後台上。海絲特掙開傑若的懷抱，指著他。）

傑　若：（因盛怒與不平而全然失控）易大人，你欺負了上帝所造人世間最純潔的人，純潔得像我的母親。您欺負了這世界上我最愛的女人，我愛她，跟愛我自己的母親一樣。天國還有上帝呢，我要殺了你！

亞太太：（急奔過去把他抓住）不可以！不可以！

傑　若：（把她推開）不要攔我，母親，不要攔我——我要殺了他！

亞太太：傑若！

傑　若：放開我，聽見吧！

亞太太：住手，傑若，住手！他是你的父親！

（傑若抓住母親的手，注視著她的臉。她慚愧地緩緩坐倒在地上。海絲特悄然走向門口。易大人皺眉咬唇。過了一會傑若扶起母親，攬著她的肩膀，扶她出去。）

——幕　落——

第四幕

布　景：亞太太家的客廳。台後敞開著大落地窗，對著花園。右角與左角有門。

（傑若在桌前寫信。）

（愛麗絲自右角上，引進洪夫人與艾太太。）

愛麗絲：洪夫人跟艾太太來了。（自右角下）

洪夫人：早安，傑若。

傑　若：（起身）早安，洪夫人。早安，艾太太。

洪夫人：（坐下）我們是來問候你的好母親的，傑若。想必她好些了吧？

傑　若：我母親還沒有下樓來呢，洪夫人。

洪夫人：啊，只怕昨晚她熱過頭了。我想外頭一定有打雷。不然也許是因爲音樂。音樂使人覺得熱情澎湃——至少總令人心煩意亂。

艾太太：這年頭呀不都是一樣嗎。

洪夫人：眞高興，我不懂你的意思，親愛的。只怕你的意思是哪裡出了毛病。啊，我看哪你正在打量亞太太漂亮的房間呢。這房間眞不錯，而且多古色古香是吧？

艾太太：（用長柄眼鏡掃視四周）看來十足像快樂的英國家庭。

洪夫人：就是這句話，親愛的；正是如此。令人感到你母親身邊的一切，都受她善良的影響，傑若。

艾太太：易大人說一切影響都不良，而善良的影響最爲不良。

洪夫人：等到易大人更了解亞太太，他就會改變想法的。

艾太太：我倒要看看，易大人住在快樂的英國家庭會怎樣。

洪夫人：那只會對他大有益處，親愛的。這年頭，倫敦的女人裝飾自己的房間，大半只會用蘭花啦、外國人啦、法國小說啦。可是眼前這房間卻是可愛的聖徒住的。供的花是新鮮而自然的，擺的書不會嚇人一跳，掛的畫也不會令人看了臉紅。

艾太太：我倒喜歡臉紅。

洪夫人：不過，臉紅也是大有好處的，只要你能把握恰當的時機。可憐的洪大人生前總是怪我臉紅的次數還不夠多。不過嘛他也太挑剔了。他的男性朋友他一律都不准我交往，除非年紀已過七十，例如可憐的愛希敦大人：對了，這愛大人呀後來卻上了離婚法庭。案情十分不幸。

艾太太：我就喜歡過了七十的男人。這種男人才會把一生奉獻給你。我認爲七十歲是男人的理想年齡。

洪夫人：她完全不可救藥了，傑若，不是嗎？對了，傑若，我希望你的好母親現在可以多來看我了。你跟易大人幾乎立刻要動身了吧？

傑　若：我已經放棄做易大人祕書的念頭了。

洪夫人：絕對不行，傑若！那太愚蠢了。你有什麼理由呢？

傑　若：我不認爲自己能勝任這份差事。

艾太太：我倒巴不得易大人能請我做他的祕書呢。可是他說我不夠認眞。

洪夫人：親愛的，在這屋子裡你實在不應該講這種話。亞太太對我們這些人生活的這邪惡社會一無所知。她並不想踏進來。她太善良了。昨晚她能光臨我家，我認爲是一大榮幸。她一來，就給我們的宴會帶來正派的氣氛。

艾太太：啊，那一定就是你想像的空中雷聲了。

洪夫人：親愛的，你怎麼能這樣說呢？這兩樣東西根本不像。可是老實說，傑若，你說不能勝任是什麼意思呢？

傑　若：易大人的人生觀跟我的太不同了。

洪夫人：可是我的好傑若，你在這樣的年紀是不應該有什麼人生觀的。扯得太遠啦。這種事嘛，你必須聽別人的指導。易大人肯僱你，是無上的鼓勵，而跟他去旅行還可以見識世面——至少該看的都會見到——這樣的提拔再好不過了，而且交往的全是該交的人：這一切在你事業的緊要關頭，太重要了。

傑　若：我才不要見識世面呢：我見夠了。

艾太太：希望你不要自以爲歷盡了滄桑，亞伯納先生。男人要是這麼說，你就知道滄桑已經磨盡了他。

傑　若：我不願意離開母親。

洪夫人：哎，傑若，你這簡直就是偷懶了。不願離開母親！如果我做了你的母親，我就會逼你走。

（愛麗絲自左角上。）

愛麗絲：亞太太向您致歉，夫人，說她頭痛得厲害，今早見不得客。（自右角下）

洪夫人：（起身）頭痛得厲害！眞是遺憾！要是她好了些，傑若，也許你下午可以陪她來洪莊。

傑　若：下午恐怕不行，洪夫人。

洪夫人：哪，就明天吧。哎，要是你父親在世，他可不會讓你在這裡浪費一生。他會立刻把你送去易大人那兒。可是做母親的就心軟，什麼事情都聽信自己的兒子。我們一切都心甘情願，心甘情願。好了，親愛的，我得去一趟教區公館，去探望總鐸夫人，只怕她身體很不好。眞了不起，總鐸怎麼受得了，眞了不起。他做丈夫最體貼了，簡直是模範丈夫。再見了，傑若，代我問候你母親。

艾太太：再見，亞伯納先生。

傑　若：再見。

（洪夫人與艾太太下。傑若坐下來讀自己剛寫好的信。）

傑　若：名我該怎麼簽呢？我，什麼名分都沒有。

（簽上名字，把信放入信封，寫好信封，正要封上，左角門開，亞太太上。傑若放下封蠟。母子對望。）

洪夫人：（從台後的落地窗外）再說聲再見，傑若。我們正抄捷徑走過你家的漂亮花園。嗯，別忘了我的勸告——立刻跟易大人動身。

艾太太：後會有期，亞伯納先生。要記得遠行回來帶點東西給我——可不要什麼印度披肩，絕對不要印度披肩。

（兩人下。）

傑　若：母親，我剛寫了信給他。
亞太太：給誰？
傑　若：給父親。我剛寫信要他今天下午四點鐘來這兒。
亞太太：他不可以來這兒。他不可以跨過我家的門檻。
傑　若：他非來不可。
亞太太：傑若，如果你要跟易大人走，那就立刻走。走呀，免得把我害死，可是別想求我見他。
傑　若：母親，您不明白。世界之大，無論爲了什麼我都不會跟易大人走或是離開您。不用說，您了解我的爲人，絕不會那樣。不是的，我寫信給他是說——
亞太太：你對他有什麼話好說？
傑　若：您猜不出來嗎，母親，我在信裡寫了什麼？
亞太太：猜不出。
傑　若：母親，您當然猜得出。想想看，有什麼事非做不可，現在做，立刻做，幾天之內一定要做。

亞太太：沒什麼好做的。

傑　若：我寫信給易大人，告訴他必須跟您結婚。

亞太太：跟我結婚？

傑　若：母親，我要逼他這麼做。您受的冤屈必須補償。犯了罪必須贖罪。天理也許緩慢，母親，可是終於會來。幾天之內您就會成爲易大人的合法妻子了。

亞太太：可是，傑若——

傑　若：這件事我會盯著他做。我會逼他做，他不敢拒絕的。

亞太太：可是，傑若，拒絕的是我。我不願嫁給易大人。

傑　若：不願嫁給他？母親！

亞太太：我不願嫁給他。

傑　若：可是您不明白：我說這些是爲了您，不是爲我自己。你們的婚禮，必要的婚禮，顯而易見非舉行不可的婚禮，不是爲了幫我，給我一個名義，我眞正有權接受的名義。可是對您該很有意義，因爲您，我的母親，儘管晚了一些，應該成爲做我父親的那個人的妻子。那不是很好嗎？

亞太太：我才不要嫁給他。

傑　若：母親，您一定要。

亞太太：才不呢。你提到冤屈要補償。怎麼能補償我啊？不可能補償的。我蒙了羞，他沒有。如此而已。這是一男一女的老故事了，照例如此，永遠如此。結局總是平凡的下場：女人受苦，男人脫身。

傑　若：我不曉得那是否一般的下場，母親，只希望不是那樣。可是，至少您的一生不可以那樣收場。做男人的應該儘可能補過。其實還不夠。過去的事無法一筆勾消，我知道。不過至少可以改善未來，改善您的未來，母親。

亞太太：我才不嫁給易大人呢。

傑　若：如果他親自來您面前向您求婚，您的回應自然會不同。別忘了，他是我父親。

亞太太：如果他親自來，想必他不會，我的回應還是一樣。別忘了，我是你母親。

傑　若：母親，您這麼說令我非常爲難；而且我不懂爲什麼您不願意從正確的、也是唯一妥當的立場來看這件事情。爲了消除您生平的遺恨，掃開您名節的陰影，這一場婚禮必須舉行。婚禮是無可取代的：婚禮舉行後您跟我就可以一起離開了。可是婚禮必須先舉行。這是您應盡的責任，不但是爲了您自己，也是爲所有的女人——是啊，爲了全世界的女人，否則他害的人更多。

亞太太：我並不虧欠別的女人。別的女人沒有一個會幫助我。世界之大，我不會向任何女人乞求憐憫，就算我願接受，或是討取同情，就算我能贏得。女人對待女人都是無情的。昨晚那女孩，人雖然好，卻奪門而去，好像我不乾淨一樣。她沒錯。我是不乾淨。可是冤屈是我自己的，我自願承當。我只能獨自承當。沒犯過罪的女人跟我有什麼關係，我跟她們又有什麼關係？我跟她們根本講不通。

（海絲特從後上。）

傑　若：求求您，接受我的要求。

亞太太：做兒子的，誰會要求自己的母親作這麼可怕的犧牲呢？誰都不會啊。

傑　若：做母親的，誰會拒絕嫁給自己孩子的父親呢？誰都不會吧。

亞太太：那就讓我開例好了。我不肯。

傑　若：母親，您相信宗教，也教我長大了要信教。哎，不用說，您的信仰，也就是我小時候您教我的信仰，母親，必然告訴您我是對的。這道理您知道，也感受到。

亞太太：我不知道。我沒有感受，更絕對不會站在上帝的祭壇前，請求上帝祝福我和哈喬治之間這麼醜陋而可笑的婚姻。教會要我們說的那些話，我不願意說。我不願說，我也不敢說。這男人令我討厭，我怎能發誓說我愛他；他令你喪失尊嚴，我怎能尊敬他；他強迫我犯罪，我怎能服從他？我不能：婚禮是神聖的典禮，只有相愛的人才配。他這樣的人，我這樣的人是不配婚禮的。傑若，爲了不讓你受世人嘲笑、挖苦，我一直對大家說謊。二十年來我一直對大家說謊。我無法向大家吐露眞相。誰能夠這麼做呢？可是我不願爲自己向上帝說謊，還當著上帝的面。不能，傑若，不論是教堂或公證的儀式，都絕對不能把我和哈喬治綁在一起。也許正因爲我已經被他綁得太緊了，我雖然被他剝奪了，卻更加富有，在我生命的泥沼裡竟然找到了名貴的珍珠，或許我自以爲如此。

傑　若：現在我不懂您的意思了。

亞太太：男人都不懂做母親的心理。我跟別的女人沒有兩樣，除了我所受的冤屈和我所做的錯事，加上我所承受的慘重懲罰和莫大羞恥。可是爲了生你，我必須面對死亡。爲了養你，我必須和死亡搏鬥。爲了爭你，死亡和我開戰。爲了保住子女，所有的女人都必須和死亡開戰。死亡沒有孩子，要搶我們的孩子。傑若啊，你當時赤身露體，是我給你衣服穿，你餓，我餵你東西吃。整個漫長的冬季，日日夜夜我照顧著你。我們女人爲了疼愛的孩子，什麼責任都不嫌它下賤，什麼操心都不嫌它低俗——唉！那時**我**有多疼**你**。聖經裡漢娜愛撒母耳，不過如此。那時你需要的是愛，因爲你身體虛弱，只有靠愛才能活命。誰要活命，都得有愛。男孩子往往漫不經心，無意間會令人受罪，而我們總痴心妄想，只要等他們長大成人，更體會母親的心，就會報答我們。可是不然。這世界會把他們從我們身邊引走，去另交朋友，跟朋友一起遠比在我們身邊快樂，賞心樂事我們都沒分，分享興趣輪不到我們：他們往往對我們不公平，日子過得辛苦，就怪在我們身上，而日子過得滿意呢，我們也無緣同樂……你們交了朋友，就去別人家裡一起作樂，而我，心懷自己的隱私，卻不敢跟去，只能待在家裡，關上房門，拒絕陽光，坐在暗中。我在清白的人家做什麼呢？我的過去揮之不去……你還以爲我不在乎人生的樂趣呢。告訴你，我也嚮往那些樂趣，但是覺得自己不配，不敢去碰。你以爲我更樂於照顧貧民。那是我的使命，你猜想。才不是呢，可是我還有哪裡可去啊？病人不會追問，整理他們枕頭的手乾不乾淨，臨終的人也不在乎親他們額頭的嘴唇是否罪惡之吻。我一直掛心的，是你；我把你不需要的愛給了他們：把不屬於他們的愛揮霍在他們身上……你以爲我上教堂，爲教會工作，花了太多時間。可是我還能去別處嗎？唯有上帝之家才歡迎罪人，而你啊傑若長令我掛心，太掛心了。日復一日，無論早晚，儘管我長跪於上帝之家，卻不是爲自己悔罪。既然你啊，我的寶貝，是我犯罪的結果，那我的罪有什麼好悔呢？就連此刻，你這麼怨我，我也無悔。我並不悔恨。你可以抵償我的清白而有餘。我寧可做你的母親——哦！太甘願了——勝過留一身純潔……哦，你不明白嗎？你不了解嗎？就因爲我失節，你才會如此可貴。就因爲我淪落你才會如此親近。正是我爲你所付的代價——靈魂加肉體的代價——令我如此愛你。哦，這可怕的事情不要逼我去做。害我蒙羞的孩子啊，還是做害我蒙羞的孩子吧！

傑　若：母親，我一直不知道您愛我到這種程度。以後我會更孝順您。您跟我絕對不可以分開……可是，母親……我也沒辦法……您必須成爲我父親的妻子。您必須嫁給他。這是您的權責。

海絲特：（跑上去抱住亞太太）不行，不行，您不可以嫁給他。嫁給他，就眞正蒙羞了，以前的事並不算蒙羞。嫁給他，就眞正沉淪了，以前的事算不上沉淪。離開他，跟我走吧。英國以外，還有別的國家……哦！大海的對岸還有其他國家，更善良，更合理，不像此地這麼不公平。天地很寬，世界很大。

亞太太：才不呢，容不下我的。我的世界只有巴掌一般大，凡我到處，遍地荊棘。

海絲特：不會的。總有地方會找到青翠的山谷，新鮮的水流，就算要哭，哦，我們也一起哭。我們不是都愛著他麼？

傑　若：海絲特！

海絲特：（揮手阻止他）不可以，不可以！除非你也愛母親，就不能算是愛我。除非你覺得母親更神聖，就不能算是尊重我。你母親代表所有的女人蒙難。在她的家裡，受難的不僅是她，而是我們大家。

傑　若：海絲特，海絲特，我該怎麼辦呢？

海絲特：做了你父親的那個男人，你尊敬他嗎？

傑　若：尊敬他？我鄙視他！他可恥。

海絲特：謝謝你昨晚從他手中救了我。

傑　若：啊，那不算什麼。我拚了命也要救你的。可是你還沒有告訴我現在該怎麼辦呢！

海絲特：我剛才不是謝謝你救了我一命嗎？

傑　若：可是我該怎麼辦呢？

海絲特：問你自己的良心吧，別問我。我從來沒有母親要我去救，或爲我蒙差。

亞太太：他太無情了——太無情了。放開我吧。

傑　若：（衝過去跪在母親身邊）母親，原諒我吧：都要怪我。

亞太太：不要親我的手：手是冷的。我心也是冷的：心碎了。

海絲特：哦，別這麼說。心因爲受傷，才會活下去。快樂也許會令人心硬，財富也許會令人的心麻木，可是哀傷——哦，哀傷不會令人心碎。何況，現在您有什麼哀傷呢？哎，此刻您對他更加可親了，儘管您一直是可親的，哦，您一直都是那樣可親。啊，善待他吧。

傑　若：您是我同體的母親加父親。我根本不需要雙親。我剛才的話是爲您說的，只爲您一人。哦，您開口呀，母親。難道我找到了一個人愛我，卻失掉另一個人的愛嗎？不要這樣吧。母親啊，您太殘忍了。

（起身，倒在沙發上抽泣。）

亞太太：（對海絲特）他眞的找到另一個人愛他了嗎？

海絲特：您知道我一直是愛他的。

亞太太：可是我家很窮啊。

海絲特：有了愛，誰會窮呢？哦，不會的。我恨自己的財富。財富只是拖累。他可以跟我共享呀。

亞太太：可是我家沒有面子。我們根本不入流。傑若什麼名分都沒有。父母有罪，活該報應在孩子身上。那是天理。

海絲特：我昨天失言了。只有愛才是天理。

亞太太：（起身，握著海絲特的手，慢慢向傑若走過去；傑若臥在沙發上，手蒙著頭。她撫了他一下，他抬起頭來。）傑若，我沒辦法給你一個父親，可是我為你找到了妻子。

傑　若：母親，我實在配不上她，也配不上您。

亞太太：原來她是優先，你當然配她。你走後，傑若……跟……她走後——哦，有時候要想念我。也別忘了我。禱告的時候，也為我禱告吧。人在最快樂的時候都應該禱告，你會快樂的，傑若。

海絲特：哦，您不會想要離開我們吧？

傑　若：您不會離開我們吧？

亞太太：我怕會令你們蒙羞！

傑　若：母親！

亞太太：暫且這樣吧：要是你們願意，可以長住在附近。

海絲特：（對亞太太）跟我們去花園裡吧。

亞太太：你們先去，先去吧。

（海絲特偕傑若下。）

（亞太太走向左角的門，站在壁爐上端的鏡子前面，仔細端詳。）

（愛麗絲自右角上。）

愛麗絲：有位先生來看您，太太。

亞太太：說我不在家。名片給我。（取盤中名片一瞥）說我不想見他。（易大人上。亞太太在鏡中見他出現，吃了一驚，卻不轉過身來。愛麗絲下。）今天你還有什麼話對我說嗎，哈喬治？你沒什麼好說的了。你走吧。

易大人：瑞巧，你我的事情傑若已經全知道了，所以必須安排一下，對我們三個人才方便。我向你保證，他會發現我是最可愛最慷慨的父親。

亞太太：我的兒子馬上就進來了。昨晚我救了你一命。今天只怕不能再救你了。我的兒子對我的羞恥反感極深，深得可怕。求求你，走吧。

易大人：（坐下）昨晚太不幸了。那清教徒的傻女孩大吵大鬧，只因爲我要吻她罷了。吻一下，有什麼害處呀？

亞太太：（回過身來）吻一下，會害死一條命，哈喬治。**我**知道。**我**太知道了。

易大人：這一點現在我們不討論。今天跟昨天一樣，最要緊的還是我們的兒子。我十分喜歡他，這你知道，對他昨晚的行爲更非常欣賞，這一點也許你覺得奇怪。他挺身護衛那假正經的美女，當機立斷，眞了不起。我就希望自己的兒子，能夠那樣。只是我的兒子絕對不可以去附和清教徒：盲從清教，永遠是錯的。哪，我的提議是這樣的。

亞太太：易大人，你的提議我毫無興趣。

易大人：根據我們可笑的英國法律，我不能給傑若合法的名分，可是我可以把財產留給他。易林華斯莊當然要靠繼承，可是那地方單調又簡陋。我可以給他艾世比莊，漂亮多了，還有哈堡，英國北部最好的獵場，再加上聖詹姆斯廣場的街屋。今生今世，一個體面人還能更奢求嗎？

亞太太：不能更好了，我敢說。

易大人：至於爵位嘛，在如今民主的年頭，爵位其實是個負累。身為哈家子弟，凡我所要的，一切我都曾擁有。而現在，我擁有的一切都只是別人所要的，其實沒有那麼愉快了。哪，我的提議是這樣的。

亞太太：跟你說過我沒有興趣，求求你走吧。

易大人：我提議這男孩一年裡六個月跟我過，另外六個月跟你。這樣夠公平了吧？你要多少津貼都可以，住哪兒也由你。至於你的過去，除了我跟傑若之外，誰也不知道。還有就是那清教徒，穿白棉布衣的那清教徒，不過她無關緊要。她沒辦法講你的閒話而不用解釋自己拒吻的事，對嗎？這麼一來，凡女人都會認為她是笨蛋，而男人都認為她無趣。你更不必擔心傑若不能繼承我。不用說，我絕無結婚的念頭。

亞太太：你來晚了。我的兒子已經不需要你。你，多餘了。

易大人：你這是什麼意思，瑞巧？

亞太太：傑若的事業不需要你了。他並不缺你。

易大人：我不懂你的意思。

亞太太：你看看花園吧。（易大人起身，走向窗前）最好別讓他們見到你。你帶來不愉快的記憶。（易大人望向窗外，吃了一驚）她愛傑若。他們彼此相愛。我們已經擺脫你了，而且就要遠行。

易大人：去哪兒？

亞太太：不會告訴你的，就算你找到我們，我們也不會認你。你似乎很感意外。那女孩的嘴唇你曾經想玷汙，那男孩的生命早被你羞辱，而做母親的因你而沉淪，你指望人家會歡迎你嗎？

易大人：你心腸變硬了，瑞巧。

亞太太：我以前心腸太軟了。幸好我變了。

易大人：當時怪我太年輕。我們男人對人生開竅太早。

亞太太：而我們女人對人生開竅太晚。這就是男女的差別。

（稍停）

易大人：瑞巧，我要兒子。現在也許他不需要我的錢了。也許他也不需要我了，可是我需要兒子。讓他跟我吧。瑞巧。只要你肯，就辦得到的。（看見桌上有信）

亞太太：我兒子的命裡沒有**你**的分。他才不在乎**你**。

易大人：那他為什麼寫信給我呢？

亞太太：你說什麼呀？

易大人：這信說什麼呀？（拿起信來）

亞太太：哦——沒什麼。給我。

易大人：信是寫給**我**的。

亞太太：不可以拆開。我不准你拆開。

易大人：還是傑若的筆跡呢。

亞太太：這封信沒準備寄。這封信他今早才寫，當時他還沒見到我。可是現在他已經懊悔不該寫了，非常懊悔。你不可以拆。還給我。

易大人：信是我的。（拆信，坐下，慢慢讀信。亞太太一直注視著他。）想必你看過信了，瑞巧？

亞太太：沒有。

易大人：你知道裡面說什麼嗎？

亞太太：知道！

易大人：我絕對不承認這孩子說的有理，也不承認我有什麼責任該娶你。我完全否認。可是爲了挽回我的孩子我甘願——對呀，甘願娶你，瑞巧——而且要把你當妻子一般，永遠以禮相敬。我會跟你結婚，你要多快都行。這話，我可以保證。

亞太太：你以前早就向我保證過，卻背信了。

易大人：這一次我會守信。足以見證我愛自己的兒子，至少不下於你。因爲我娶了你，瑞巧，就得放棄某些野心。還是崇高的野心呢，如果有什麼野心算是崇高的話。

亞太太：我才不嫁你呢，易大人。

易大人：你當眞嗎？

亞太太：當眞。

易大人：請說你的理由。一定十分有趣。

亞太太：我已經對兒子解釋過。

易大人：你的理由想必非常情緒化吧？你們女人過日子都靠感情，也是爲了感情。可是你們沒有人生哲學。

亞太太：沒錯。我們女人過日子，靠的是感情，爲的也是感情；靠的是激情，爲的也是激情，不瞞你說。我有兩種激情，易大人：愛他，恨你。都是你無法消除的。兩者形成正比。

易大人：這算是什麼愛呀，竟然靠恨來作伴！

亞太太：我對傑若的愛正是如此。你認爲很可怕嗎？唉，是可怕。凡是愛都可怕。凡是愛都是悲劇。我曾經愛過你，易大人。一個女人愛上了你，眞是悲劇！

易大人：你眞的不肯嫁給我？

亞太太：對。

易大人：因爲你恨我？

亞太太：是。

易大人：而我的兒子像你一樣恨我？

亞太太：不。

易大人：這，我很高興，瑞巧。

亞太太：你只是看不起你。

易大人：好可惜！爲他可惜，我是說。

亞太太：別受騙了，喬治。子女一開頭愛自己的父母，後來就會評判父母，而十之八九都不會原諒父母。

易大人：（把信慢慢地重看一遍）這封信眞是優美而熱情，請問你是用什麼道理，說得寫信的男孩認爲你不該嫁給他父親，你親生孩子的父親？

亞太太：使他領悟的不是我。另有別人。

易大人：什麼人這麼無聊？

亞太太：那清教徒，易大人。

（稍停）

易大人：（尷尬皺眉，繼而慢慢起身，走到桌邊，去取帽與手套。亞太太正站在桌前。他拾起一只手套，套上手去。）那，我在此地也無能爲力了吧，瑞巧？

亞太太：沒辦法了。

易大人：就再見了，是吧？

亞太太：希望是永別了，這一次。

易大人：眞奇怪！此刻你的樣子，就跟二十年前你離我而去的那晚一模一樣。你嘴上的表情還是那樣。說眞的，瑞巧，沒有女人像你當年那樣愛我。哎，當時你獻身給我，像一朵花，任我盡情放縱。那時你眞是最漂亮的玩物，最迷人的一段風流……（取出掛錶）兩點差一刻！得趕回洪莊去了。該不會在那邊再見到你了。眞是遺憾，眞的。也眞有意思，竟然在自己的社交圈內，重逢以前的情婦，還認眞地跟她周旋，而且……（亞太太一把抓起手套，甩了易大人一記耳光。易大人吃了一驚。他因受辱而不知所措。繼而他回過神來，走去窗前，隔窗看自己的兒子。終於歎息離去。）

亞太太：（哭泣，倒在沙發上）那句話，他早想說了，早想說了。

（傑若與海絲特自花園入。）

傑　若：喂，親愛的母親。您一直沒出去。所以我們就進來找您了。母親，您不是在哭吧？（跪在她身邊）

亞太太：我的孩子！我的孩子！我的孩子！

（用手指梳他頭髮）

海絲特：（跑過來）可是您現在有兩個孩子了。您肯認我做女兒嗎？

亞太太：（抬頭）你願認我做母親嗎？

海絲特：在我認識的所有女人裡，唯您，最願意認。

（三人相互摟腰，走向通往花園之門。傑若走到左角的桌前取帽。一轉身他看見易大人的一只手套掉在地上，把它拾起。）

傑　若：喂，母親，這是誰的手套呀？剛才有客人，是誰呀？

亞太太：（轉身）哦！沒有誰。誰也不是。一個不要緊的男人啦。

——幕　落——

上流社會之下流

——《不要緊的女人》譯後

余光中

愛爾蘭裔的英國作家王爾德，是十九世紀末年，尤其是唯美主義運動，的代表人物。他的天才光芒四射，像一個多面的結晶體，無論在詩歌，散文，評論，小說，戲劇各方面，都有卓然出眾的成就。一般讀者對他最深的印象，大概來自他的寓言小說《朵連・格瑞的畫像》，但是對他的戲劇所知卻不多，一個原因是他的戲劇在英國，除了讀者之外，還有眾多觀眾。儘管王爾德逝世已逾一個世紀，他的戲劇，尤其是喜劇，仍不斷在英國上演。其中有一齣叫做《不要緊的女人》（*A Woman of No Importance*），十六年前我就在倫敦的戲院裡看過。

我在外文系教翻譯這門課，先後已有四十年，除注重筆譯之外，也包括口譯。王爾德的喜劇台詞幽默，呼應敏捷，句法簡潔有力，最適合全班一同參與，形形色色的角色可以分配同學們輪流擔任，由我先誦出原文，再經同學即時口譯成日常的中文。劇中人語妙天下，加上曲折有趣的情節來推波助瀾，笑聲頻頻，一觸即發，恐怕是我一生教課最成功的方式。學生在這樣的課堂上而要瞌睡，絕無可能。

從《不可兒戲》（*The Importance of Being Earnest*）到《溫夫人的扇子》（*Lady Windermere's Fan*）到《理想丈夫》（*An Ideal Husband*），都是我學生帶笑悅讀，不，帶笑喜譯的課本。既然口譯已那麼多遍，我自己終於將其一一譯成了中文，一一出版成書，並且看自己的譯本一一在劇台上演出。其中《不可兒戲》，由楊世彭教授導演，從一九八四到二〇〇四，屢次在香港與台北演出，十分賣座，一共演了六十多場。

王爾德的四部喜劇當年（1893~1895）在倫敦上演，十分轟動。以時序而言，這本《不要緊的女人》是登台的第二齣；但依我中譯出書為序，則是第四齣，也是最後的一齣。至此，王爾德的四本喜劇我終於譯齊了，也算是了卻一樁心願。麻煩的是，這些喜劇既然都有了譯本，就不能再充我翻譯課上的口譯教材了。但是如有劇團想要演出，我很歡迎。

王爾德的喜劇繼承了英國康格利夫與謝利丹「諷世喜劇」的傳統，在情節的開展上都巧於安排，成為宋春舫（宋淇父親）所謂的「善構劇」（the well-made play）。這種喜劇的張力，常生於上流社會的醜聞，也就是情節所附的核心祕密。當然，祕密如果尚未洩漏，還不成為醜聞，只算敗德。劇情往往隱藏多年前的一樁敗德，就像紙中包火，必然形成張力。

隱私的敗德一旦揭開，成為公開的醜聞，張力就消滅了。安排劇情，訣竅全在這致命的祕密究竟要瞞誰，能瞞多久，而揭開時應該一下子水落石出，還是半洩半瞞，對誰才洩，對誰才瞞，都有賴高妙的布局。如果洩密太多又太早，氣氛就不夠緊張了。例如《不可兒戲》裡的亞吉能與傑克，一直是同謀共犯，互相掩飾的難兄難弟，直到劇終前的三分鐘才由巴夫人挑明真相，說出原來是親兄親弟。恍然的觀眾這才頓悟，其中的祕密竟然把台下從開頭瞞到快要收尾。

《不要緊的女人》裡也有二十年前的敗德，一旦揭開就會變成社會醜聞。貴族易大人要僱年輕的銀行小職員傑若做私人祕書，卻並不知道傑若竟是他的私生子。父子之間的這樁祕密，互不知情，只有亞伯納太太，也就是易大人始亂終棄的情婦，才知道真相，但一直瞞住了兒子傑若，更瞞住了社會。這真相，早在第二幕快結束時，已經在劇台上向觀眾揭開，但對台上的許多人物仍然是祕密，所以仍有其張力。至於關鍵人物，那私生子傑若自身，卻一直被瞞住，要到第三幕落幕前一分鐘，才石破天驚，由亞太太臨危道出。緊張的觀眾這才鬆一口大氣，只等餘音嫋嫋的第四幕，把一切尚未交代的線頭收攏理齊。

王爾德善於諷刺英國的貴族，所謂上流社會，但是在這本《不要緊的女人》裡，他的冷嘲熱諷不全是由貴族們自暴其短，自獻其醜，而是用了一個新的角度，借一個活潑自信的美國少女之口，不留情面地來指責英國貴族的自私自大，麻木自閉。一般的印象，都把王爾德視為象牙塔上的唯美大師。其實他仍是頗有社會批評意識的。要點在於，王爾德錦心繡口，是一位天生的藝術家，而非刻意推銷某一意識型態的宣傳家。四面八方，只要有機會諷刺，有藉口逞其巧舌語鋒，他絕不甘放過。我們不應只樂聞他調侃美國人如何崇拜法國，說什麼「好心的美國人死後，都去了巴黎」；也不必只樂顧英國貴族，那大玩家易大人，如何挖苦美國的清教徒，說什麼「聽他們的言談，你還以為他們是在童年的第一階段呢。就文明而言，他們也才在第二階段。」

在《不要緊的女人》裡，王爾德有意引進新大陸來的海絲特，讓她代表美國新生活的精神發言。王爾德讓她出現在每一幕裡，而在開場時由她第二個發言，落幕前由她倒數第三個說話，當然有其深意。

在第二幕的中段，海絲特在一角聽了英國貴婦們故步自封沾沾自喜的妄言之後，坦率指出美國早已跳出所謂上流社會的虛妄，說「真正的美國社會無非是我國（美國）所有的好女人加上所有的好男人。」女主人洪夫人承認：「對中產階級和下層階級我們了解得不夠。」海絲特回以「在美國我們沒有下層階級。」洪夫人大驚小怪，竟歎道：「真的呀？多奇怪的安排！」另一貴婦龐夫人又對海絲特說：「人家說你們沒有廢墟，也沒有古董。」海絲特答得好：「我們的古董，有英國的貴族社會來供應。每年夏天，一批批的古董用輪船定期送過海來，登陸第二天就向我們求婚。至於廢墟呢，我們正努力建造的東西，要比磚塊跟石頭更加耐久。」

到了第四幕中段，當傑若逼迫母親一定要和易大人正式結婚，以取得合法身分，海絲特又鼓勵他母親千萬不要陷入舊社會的體制，去享受貴族的特權，而要勇敢地開拓自己的天地，活得有自己的尊嚴。她對亞伯納太太說：「離開他，跟我走吧。英國以外，還有別的國家……哦，大海的對岸還有其他國家，更善良，更合理，不像此地這麼不公平。天地很寬，世界很大。」

像其他的三本喜劇一樣，這本《不要緊的女人》也因台詞奇趣無窮，呼應緊湊，正話可以反說，怪問而有妙答，令人覺得曠代才子王爾德的靈感匪夷所思，一無拘束，像在高速公路上倒開飆車。

劇中頗有幾處用典，有時我會略加文字，以便讀者與聽眾。有些地方看原文反較易解，譯成中文卻難與上下文呼應。例如第一幕將近一半，洪夫人問海絲特的父親何以致富，管先生答說是靠「經營美國的紡織品」。洪夫人又問「什麼是美國紡織品呢？」易大人接口說是「美國小說」。上下文似乎不連貫，其實是在影射yarn一字，因為此字本義是「紗線」，引申義卻是「杜撰的故事」，例如to spin a yarn。小說家的本事正在善編故事。

另有一處，在第三幕末段，傑若的母親把他叫到身邊來，將當年恨事向他細說。那一大段話裡，he，she，his，her一類代名詞頻頻出現，英文不難分辨性別，中文卻不能混用同音的「他，她」，否則觀眾豈不聽糊塗了？所以譯者必須另謀他途，有時只能逕用「喬治」而不用「他」。

余光中作品集 11

不要緊的女人

A Woman of No Importance

作者	王爾德(Oscar Wilde)
譯者	余光中
責任編輯	宋敏菁
創辦人	蔡文甫
發行人	蔡澤玉
出版發行	九歌出版社有限公司 臺北市105八德路3段12巷57弄40號 電話/02-25776564・傳真/02-25789205 郵政劃撥/0112295-1
九歌文學網	www.chiuko.com.tw
印刷	晨捷印製股份有限公司
法律顧問	龍躍天律師・蕭雄淋律師・董安丹律師
初版	2008(民國97)年10月
增訂新版	2013(民國102)年10月
定價	200元

書號	0110211
ISBN	978-957-444-530-1

(缺頁、破損或裝訂錯誤,請寄回本公司更換)

國家圖書館出版品預行編目資料

不要緊的女人／王爾德著；余光中譯.
-- 增訂新版. -- 臺北市：九歌，民102.10
面；　　公分. --（余光中作品集；11）
譯自：A Woman of No Importance
ISBN　978-957-444-530-1（平裝）

873.55　　97014626